CRIME
CHEZ LA REINE

DU MÊME AUTEUR

N° 1 Crime chez la reine
N° 2 Royal chantage
N° 3 Triple crime chez la princesse
N° 4 Disparitions au palais

Titre original : Crime at Queen's house
Traduction française de : Philip Whale

MARGARET RING

CRIME
CHEZ LA REINE

EDITIONS GERARD DE VILLIERS

ISBN 2-7386-5758-3

CHAPITRE PREMIER

L'inspecteur Buckingham s'arrêta un instant pour admirer les massifs de tulipes. Depuis que le prince Philip s'occupait personnellement des jardins du château de Balmoral, ils étaient devenus des chefs-d'œuvre dignes des meilleurs architectes paysagistes.

Redressant sa haute taille, l'inspecteur mit sa main tannée en visière et observa les lointains du parc royal. La vallée de la Dee et les collines qui l'entouraient étaient baignées dans une vapeur bleue. Les immenses pelouses d'un vert éclatant étaient désertes. Pas une vache errante, pas un paysan égaré.

S'étant assuré d'autre part qu'aucun suspect n'était en vue, l'inspecteur Buckingham souleva son melon, passa une main dans sa rude chevelure blonde coupée en brosse et poussa un soupir de soulagement. La famille royale pourrait faire son pique-nique dominical en toute tranquillité.

Il n'était pas facile de surveiller ce vaste domaine qui n'était pas partout clos de murs. La semaine précédente, une paysanne qui avait pris un raccourci par le parc royal pour rentrer chez elle avait croisé la reine qui accomplissait son footing quotidien, et l'avait interpellée familièrement : « Dites donc, ma bonne dame, vous êtes vraiment le sosie de la reine ! » La souveraine s'était contentée de rire de l'incident. Mais l'inspecteur Buckingham l'avait pris au sérieux. N'importe quel fou ou, pire encore, un terroriste, pouvait pénétrer dans le parc.

La tâche de l'inspecteur, détective de la Maison royale, était doublement difficile. Les palais et les parcs de la reine sont immenses. Leur personnel innombrable et difficile à contrôler. D'autre part, la reine avait horreur des contraintes policières. Elle voulait, disait-elle, « rester en contact avec le peuple ».

Heureusement, pour le pique-nique royal prévu pour midi et demi, dans le bas du parc, aucun « contact populaire » n'était à redouter.

Par prudence supplémentaire, l'inspecteur décida de placer aux limites du parc quelques gardes forestiers pour prévenir toute intrusion fâcheuse. La reine avait beau prétendre aimer les contacts populaires, il n'ignorait pas qu'elle le mettrait sûrement à la porte, si un chemineau puant la bière et le fromage de brebis venait troubler les agapes champêtres de la famille.

— Nous aurons l'œil, inspecteur Buckingham, proclamèrent les gardes forestiers.

Il tressaillit malgré lui. Il ne pouvait encore s'habituer à ce qu'on lui donnât de « l'inspecteur Buckingham ». Surtout à Balmoral, si loin des potins de Londres.

C'est qu'il n'avait absolument pas droit au nom de Buckingham par lequel chacun l'appelait à la Maison royale. La famille royale elle-même le désignait ainsi. Il s'y était résigné après une certaine période de gêne. Il payait ainsi le mouvement de vanité qui lui était monté à la tête lors de l'interrogatoire que lui avait fait subir le Maître de la Maison royale avant son engagement comme détective dans le « Royal Protection Group ».

— Vous êtes à la retraite, n'est-ce pas ? lui avait demandé le digne fonctionnaire.

— Oui, sir, après trente ans de bons et loyaux services à Scotland Yard. Voici quelques coupures de presse relatant certaines arrestations remarquables auxquelles j'ai contribué.

— Vous vous appelez Smith... John Smith.

— Certainement, sir.

— C'est un nom très répandu, avait dit le Maître de la

Maison royale avec une pointe presque imperceptible de dédain.

Il avait été fait « Sir » par la reine le mois précédent, et semblait depuis considérer le monde de très haut.

L'inspecteur avait été piqué.

— Mon nom, certes, est banal, mais il se trouve que je suis le descendant par les femmes du duc de Buckingham. Un descendant très lointain, bien sûr.

— Par les femmes, vraiment ! Très intéressant !

Le Maître de la Maison royale avait daigné esquisser un sourire encourageant.

— Je crois que votre candidature au poste de détective du palais sera agréée. Sa majesté sera très intéressée d'apprendre votre noble ascendance.

D'après ce qu'avait appris l'inspecteur, la reine avait pris la chose à la plaisanterie. « Nous sommes amusée », avait-elle dit. Et tout son entourage avait fait chorus.

« Il faut appeler ce type inspecteur Buckingham, cela ira bien avec le palais », avait proposé le prince Andrew toujours porté sur les facéties. Ce sobriquet était resté à l'inspecteur Smith !

Le ronflement d'un moteur tira de sa rêverie l'inspecteur. La camionnette des cuisines descendait la pelouse et vint s'arrêter à quelques mètres. La masse imposante du chef cuisinier de la reine sauta à terre, creusant deux légers trous dans l'impeccable gazon.

— Tout va bien, inspecteur Buckingham ? Je peux déballer ?

— Tout a l'air parfaitement calme, chef.

Le chef cuisinier donna des ordres. Son visage était congestionné comme s'il était sur le point d'éclater de rage. L'inspecteur Buckingham ne s'alarma pas. Le chef était simplement, comme à son habitude, entre deux vins. Ses aides installèrent sur la pelouse des tables et des chaises légères. Deux marmitons déplièrent un barbecue portatif, le chargèrent de charbon de bois et l'enflammèrent avec de l'alcool solidifié.

La famille royale, saturée de banquets officiels, adorait les pique-niques pendant ses vacances à Balmoral. Le prince Philip prétendait faire griller lui-même les brochettes d'agneau ou de poulet sur le barbecue. « Comme un vrai paysan », disait-il.

En fait presque tous les plats étaient préparés par les cuisines du château de Balmoral et servis par trois valets. Les brochettes elles-mêmes étaient enfilées d'avance. Le prince Philip n'avait plus qu'à les poser sur les braises. Ce qu'il faisait avec des mines de vieil explorateur.

Un autre bruit de moteur traversa la pelouse. La famille royale arrivait. Le prince Philip conduisait lui-même la Land Rover. Il en descendit le premier, alla ouvrir la porte de gauche et aida la reine à descendre. Le prince Charles, le prince Andrew, la princesse Margaret et son mari, avaient déjà sauté à terre avec les petits princes William et Henry.

L'inspecteur Buckingham inspecta une dernière fois l'horizon à la jumelle puis hocha la tête, rassuré. Cela allait être un pique-nique des plus tranquilles.

***

L'après-midi était avancé et le prince Philip distribuait les dernières brochettes au personnel, comme s'il était au service de ses propres employés. Il semblait prendre un plaisir particulier à cette comédie.

L'inspecteur Buckingham poussa un soupir. Le second depuis celui qui lui avait échappé avant l'arrivée de la famille royale, en constatant que le parc semblait calme et désert. Cette fois-ci, c'était pour manifester son soulagement que ce repas champêtre se fût déroulé sans incident. Le personnel, par exception, s'était montré convenable.

L'inspecteur avait, selon son habitude, noté dans son petit carnet recouvert de tissu écossais les noms de tous les membres du personnel qui participaient au pique-nique. En tout premier lieu ceux des valets. Il s'en méfiait. Ces jeunes gens ne se conduisaient pas toujours convenablement. Ils allaient boire chaque soir au-delà de toute raison dans les pubs du voisinage et faisaient du scandale dans les rues du village. Il était même arrivé que l'un d'eux, bourré de whisky, soit rentré au château, à minuit passé, par l'entrée réservée à la reine. Il avait emprunté son escalier privé et, croisant la souveraine stupéfaite, avait manqué une marche et s'était effondré sur elle. La reine, ne perdant pas son sang-froid, s'était relevée et lui avait lancé d'une voix sarcastique : « Je crois, mon garçon, que vous feriez mieux d'aller vous coucher si vous en êtes encore capable. »

De l'avis de l'inspecteur, de tels incidents, hautement déplorables et préjudiciables à la dignité royale, ne se seraient jamais produits si le recrutement de ces valets avait obéi à des règles strictes. Mais les assistants du Maître de la Maison royale se préoccupaient surtout de l'aspect extérieur des nouvelles recrues.

Il leur suffisait qu'ils soient grands, sveltes et portent bien la veste rouge brodée d'or et les pantalons de velours écarlate de leur tenue officielle. On ne consultait guère leur curriculum vitae, à peine leur casier judiciaire. Les incartades de ces garçons consternaient l'inspecteur Buckingham. Les principes qui faisaient la force de l'Empire britannique s'étaient évaporés, déplorait-il. Même à la cour, on négligeait les bonnes manières. Quel triste exemple donnaient à la jeunesse anglaise ces princesses et ces princes royaux qui divorçaient ou se laissaient surprendre dans des situations inconvenantes ! L'inspecteur Buckingham ne s'en consolait pas. Aurait-il voulu trouver des excuses à ces mœurs relâchées que sa femme l'aurait sévèrement réprimandé. Elle était attachée aux traditions, ne manquait jamais un office à l'église et avait convaincu son mari que la dignité de sa fonction exigeait qu'il portât un chapeau melon en toutes circonstances.

Cet accessoire avait d'ailleurs valu tout à l'heure à l'inspecteur une nasarde de la part d'un invité de la dernière heure, le décorateur du palais, un petit homme aux manières onctueuses, qui répondait au nom prétentieux de Jonathan O'Sullivan. Il s'était joint au pique-nique de son propre chef, et sans avoir été invité — du moins c'est ce qu'estima l'inspecteur Buckingham en observant la mine contrariée du prince Philip — sous prétexte de « parler tranquillement » avec la reine des derniers aménagements de la salle de bal.

« Il ne respecte même pas le protocole, grogna l'inspecteur par-devers lui. Il devrait savoir que la famille royale tient à l'incognito absolu au cours de ses pique-niques. » De plus, il portait une petite moustache à la Hitler.

La voix railleuse de Jonathan O'Sullivan l'avait tiré de ses ruminations.

— Un chapeau melon, inspecteur ! N'est-ce pas un peu formaliste pour la campagne ? Ma parole, il ne vous manque plus qu'une jaquette et un pantalon rayé !

Le prince Andrew avait éclaté d'un de ses rires exaspérants.

— Je suis détective du « Royal Protection Group » avait rétorqué l'inspecteur, vexé. Je me dois à la dignité de ma fonction. C'est d'ailleurs mon estimable épouse qui m'a conseillé ce melon.

— Dommage que votre maîtresse ne vous ait pas plutôt conseillé la casquette à oreillettes, style Sherlock Holmes. En tant que décorateur, je pense que cette coiffure aurait été plus appropriée à la circonstance.

— Je n'ai pas de maîtresse, avait fait l'inspecteur avec une grimace de dégoût.

Ce fut au tour de la princesse Margaret d'éclater de rire. Elle était déjà euphorique. Elle se mettait au gin dès le matin, disait-on au palais.

Les épaules de l'inspecteur Buckingham se voûtèrent légèrement. Il se sentait anachronique avec ses principes et ses rigueurs. Une maîtresse ! Sans doute ce décorateur snob en avait-il une. À moins qu'il n'eût des mœurs plus indignes encore ! On savait ce qu'était le milieu de la décoration !

Le petit monde des valets n'était pas sur ce point blanc comme neige. Entassés dans des chambres mitoyennes, il arrivait que l'un ou l'autre se trompât de porte. L'inspecteur Buckingham, en apprenant un de ces scandales, en était venu à souhaiter que ces jeunes gens, obligés par contrat au célibat, se défoulassent plutôt avec les femmes de chambre.

Il était plongé dans cette morose méditation lorsque éclata une rixe entre deux valets, deux grands diables dégingandés, Dick Stevers et Bill Perth. Le troisième valet, un petit râblé, Peter Stetson, les sépara. L'inspecteur Buckingham, suivant le fil de ses pensées, imagina d'abord que ces deux garçons réglaient une querelle d'amants. Il fut soulagé lorsque le chef cuisinier lui expliqua qu'il s'agissait d'une affaire de femmes.

— Aspireraient-ils à la main de la même jeune fille ? demanda l'inspecteur avec circonspection.

Le chef cuisinier éclata d'un rire gras.

— Qu'est-ce que vous me chantez là ! Il s'agit d'une coucherie. Dick Stevers a pour bonne amie une certaine Margaret, femme de chambre au palais de Buckingham. Bill Perth vient de parier qu'il aurait ses faveurs quand il voudrait. « Tu n'as pas le droit ! s'était écrié Dick Stevers qui avait trop bu “en douce” du champagne de la reine, c'est ma femme à moi. » « C'est la femme de tout le monde », avait rétorqué Bill Perth. D'où la bagarre.

Le chef cuisinier se pencha à l'oreille de l'inspecteur.

— Entre nous, Bill n'aura pas de mal à gagner son pari. Cette Margaret est une vraie Marie-couche-toi-là. À Buckingham ses collègues l'ont surnommée « le Paillasson ».

— Charmant ! fit l'inspecteur Buckingham. Puis-je savoir le nom de cette Messaline des communs ?

Il avait sorti son carnet écossais dans lequel il notait tout et particulièrement les noms des personnes de la Maison royale qui pouvaient occasionner du grabuge.

— Je crois me souvenir, répondit le chef cuisinier, qu'elle s'appelle Margaret Auburn.

Il s'éloigna pour donner des ordres à ses aides et aux marmitons. Il fallait remballer rapidement le matériel du pique-nique sans laisser le moindre relief sur la pelouse, qu'un jardinier se préparait d'ailleurs à ratisser. Le barbecue fut éteint d'une carafe d'eau. Pas question de répandre les braises sur le précieux gazon !

La famille royale s'entassait dans la Land Rover dont le prince Philip avait pris le volant. La voiture s'éloigna en direction du château.

Aidés par les valets, les gens des cuisines achevaient de remplir la camionnette de service.

— En route ! cria le chef cuisinier.

Le personnel avait grimpé à l'arrière parmi les caisses de vaisselle et les cageots vides.

— Il manque un des valets, fit remarquer un marmiton.

Le chef cuisinier se retourna. Il fit une grimace agacée. Dick Stevers n'était pas là.

— Où est votre copain ? demanda-t-il aux deux autres valets.

— Je n'en sais rien et je m'en fous, répondit Bill Perth, qui semblait encore sous le coup de son altercation avec son camarade.

— Moi aussi je m'en fous où il est. Il a dû aller vomir derrière un buisson, grogna Peter Stetson, le troisième valet.

— Rentrons. Il reviendra à pied, siffla, hargneux, Bill Perth.

— Pas question, dit le chef cuisinier, qui aimait jouer les importants. Tout le personnel est venu dans ma camionnette. Tout le personnel reviendra dans ma camionnette.

L'inspecteur Buckingham qui suivait ce dialogue approuva intérieurement. Ce chef cuisinier était un homme d'ordre ! Les deux valets descendirent en marmonnant et se mirent à battre les buissons.

— Le voilà ! s'écria Peter Stetson. Il est couché là. Il ronfle. Il est saoul !

L'inspecteur Buckingham s'approcha en compagnie du chef cuisinier. Dick Stevers gisait en effet de tout son long derrière un buisson. Mais il ne ronflait pas. Il en eût été bien empêché : une brochette de barbecue était enfoncée dans sa poitrine, à l'emplacement précis du cœur.

L'inspecteur Buckingham remarqua que quelques morceaux de poulet grillé étaient encore enfilés sur la brochette.

CHAPITRE II

L'inspecteur Buckingham tâta du doigt les morceaux de poulet enfilés sur la brochette meurtrière. Ils étaient encore tièdes. C'était donc une des brochettes distribuées en dernier par le prince Philip au personnel. Cela mettait hors de cause la famille royale. L'inspecteur en éprouva un grand soulagement. Il ne se voyait pas bien interroger la reine ou l'un des princes sur leurs déplacements pendant le pique-nique. Le cercle des suspects était maintenant bien délimité : les deux valets survivants, le chef cuisinier, ses deux aides et ses trois marmitons. Et — pourquoi pas ? — le décorateur qui était arrivé à la fin du pique-nique.

L'inspecteur notait tout cela dans son petit carnet écossais. Son principe était d'agir avec méthode et de consigner aussitôt par écrit tous les faits et même ses impressions. Il se défiait de sa mémoire. Les dépositions des témoins d'un crime, faites bien après coup, l'avaient toujours frappé par leur imprécision et leur inexactitude.

Il releva la tête au bruit d'une pétarade. Une moto dévalait la pelouse dans leur direction. L'inspecteur reconnut l'engin favori de Phil Gail, l'attaché de presse de la Maison royale. Un petit homme tiré à quatre épingles. Un garçon décidé et efficace. Son dernier exploit : il avait obtenu le licenciement de la rédactrice en chef de *People* qui avait publié une photo du petit prince William en train d'uriner sur un massif de fleurs dans le parc de Sandrigham.

L'attaché de presse sauta de sa moto et courut vers l'inspecteur.

— Inspecteur Buckingham, s'écria-t-il hors d'haleine, je compte sur vous pour que cette regrettable affaire ne soit pas ébruitée.

— Comment diable savez-vous qu'il y a une regrettable affaire comme vous dites ? s'étonna l'inspecteur.

— Le chef cuisinier m'a prévenu par talkie-walkie. C'est lui le responsable du pique-nique. Il reste en permanence en rapport radio avec la Maison royale.

L'inspecteur était néanmoins surpris que Phil Gail fût arrivé si vite. Il était d'autre part décontenancé. Comment empêcher la police locale de s'emparer de l'enquête et, par voie de conséquence, la grande presse de s'en faire l'écho ?

— Je ne peux pas me dispenser d'appeler la police locale et le médecin légiste, grommela-t-il.

— Le médecin légiste seulement ! trancha Phil Gail. Pour ce qui est de la police locale, je lui ai déjà téléphoné. Ils consentent à ce que l'enquête soit confiée à l'un des détectives du « Royal Protection Group », c'est-à-dire vous-même, inspecteur Buckingham, puisque vous étiez présent sur les lieux du crime. Ils vous laissent un délai de quinze jours pour la résoudre.

L'inspecteur frissonna. L'étendue de sa responsabilité l'effrayait. Le premier crime commis dans une résidence royale depuis la décapitation de Charles Ier à Whitehall !

Le premier suspect était d'évidence Bill Perth, le valet qui s'était disputé avec le défunt, quelques instants avant le crime. L'inspecteur décida de ne pas l'interroger sur-le-champ. S'il était coupable, il ne pouvait que s'attendrir — comme on dit d'une viande qu'elle s'attendrit — en mijotant quelque temps dans son remords.

Le troisième valet, Peter Stetson, avait adressé un clin d'œil mystérieux à l'inspecteur qui le prit aussitôt à part.

— Quelque chose à me révéler ?

— Quelque chose de très grave, inspecteur. Je sais qui a tué mon malheureux camarade.

— Voilà qui va simplifier mon enquête, fit aimablement l'inspecteur.

— Vous pouvez la stopper tout de suite. L'assassin est le chef cuisinier.

— Dick Stevers lui aurait-il fait quelque remarque désagréable sur sa cuisine ?

— Bien plus grave ! Il l'a surpris en train de cacher sous le siège de sa camionnette deux bouteilles de whisky pur malt et une bouteille de gin. Toutes provenant des caves royales.

L'inspecteur Buckingham secoua la tête.

N'était-ce pas, hélas, l'habitude, au château comme dans les autres résidences royales, de boire à la santé de la reine aux frais de sa cassette personnelle ?

À en croire la chronique du palais de Buckingham, il avait fallu conclure un contrat spécial avec le service d'enlèvement des ordures ménagères de Londres pour arriver à évacuer les bouteilles vides qui s'entassaient un peu partout, aux portes des chambres du personnel, dans les couloirs et même dans la Grande Galerie de peinture.

— Le chef cuisinier a été surpris par Dick Stevers en flagrant délit, insista le valet.

— Cela méritait-il un meurtre ? objecta l'inspecteur.

— Le chef cuisinier est une vraie brute. Tout le monde sait qu'il n'hésite pas à frapper ses aides et même à cravacher ses marmitons.

L'inspecteur Buckingham ignorait ces terribles détails. Il savait toutefois que le chef cuisinier était un rustre qui, entre autres grossièretés, organisait des concours de rots dans ses cuisines. La reine, lorsqu'elle les inspectait, ne pouvait se retenir de sursauter lorsque l'un des marmitons émettait des bruits incongrus. Ce cuistot, assurément vulgaire, était donc aussi un violent. L'inspecteur nota dans son carnet le nom de ce nouveau suspect. Il était temps maintenant de cuisiner l'autre suspect, le suspect n° 1, le valet Bill Perth qui s'était assis sur une caisse de vaisselle et tenait sa tête dans ses mains.

— Tristes circonstances ! fit l'inspecteur Buckingham d'une voix compatissante.

Le valet releva la tête. Ses joues étaient sillonnées de larmes.

— C'était mon meilleur ami, gémit-il.

L'inspecteur Buckingham fut impressionné. Il était rare qu'un homme pût pleurer sur commande, ce qui en revanche était banal chez une femme. Il fallait que ce garçon fût vraiment bouleversé de chagrin pour que les larmes coulent aussi serrées sur ses joues. Ou étaient-ce des larmes de remords ?

— Vous étiez pourtant rivaux auprès de la même fille, dit l'inspecteur. Une certaine... une certaine... (il consulta son carnet) Margaret Auburn.

Bill Perth haussa les épaules.

— Nous n'étions pas rivaux. Je n'ai jamais couché avec elle.

— Vous vous êtes vanté de pouvoir y parvenir aisément.

— C'était pour rigoler. J'avais un peu trop bu du champagne de la reine.

— Je croyais que le personnel n'avait pas droit au champagne mais à du vin ordinaire.

— J'avais dû me tromper de bouteille.

L'inspecteur haussa les épaules avec fatalisme. La facilité et la corruption avaient pénétré jusqu'au cœur de l'Empire britannique !

— Vous vous êtes quand même battu avec ce garçon que vous dites être votre meilleur ami.

— C'était peut-être le sherry. J'en ai bu un peu après le champagne.

— Du sherry de la reine ?

— Oui.

L'inspecteur Buckingham secoua à nouveau la tête, accablé.

— D'ailleurs, poursuivit le valet, je n'avais nul besoin de lui faucher sa copine. J'ai ce qu'il me faut à Buckingham.

— Une autre femme de chambre sans doute ?

— Beaucoup mieux que cela, inspecteur, une noble dame de la garde-robe de la reine.

— C'est en effet un excellent alibi, si j'ose dire. Pouvez-vous me donner le nom de cette noble dame ?

— La discrétion, inspecteur, la discrétion ! Pas question de vous affranchir.

— En ce cas je me verrai obligé de vous mettre en garde à vue.

— Elle s'appelle Maud de Gammersfield, inspecteur, jeta en hâte le valet.

L'inspecteur Buckingham consigna ce précieux renseignement dans son petit carnet écossais.

⁂

Le médecin légiste, accompagné d'un photographe de la police locale, s'affairait autour du cadavre. Il saisit la brochette fatale et la retira.

— Vous risquez d'effacer les empreintes digitales, docteur, fit remarquer l'inspecteur Buckingham.

— Ôtez-vous ce souci de la tête, inspecteur. Auriez-vous fait prélever ces empreintes, sachant qu'elles comportaient celles du prince Philip ?

L'inspecteur dut convenir que cette démarche eût été peu convenable. Toutefois il était bien décidé à l'accomplir. Avec discrétion.

— D'autant plus, ajouta le médecin légiste d'un air important, que s'y sont superposées en s'embrouillant les empreintes de celui auquel le prince Philip a remis la brochette et celles du meurtrier.

— Qui sont peut-être la même personne.

— Qui le saura jamais ? Tous les membres du personnel ont reçu une brochette des mains du prince Philip.

L'inspecteur Buckingham jugea inutile de poursuivre ce vain dialogue. Il n'aimait pas qu'on fît l'enquête à sa place.

Que ce prétentieux médecin se contente donc de faire son métier !

En fait, c'est ce qu'il faisait enfin, penché sur le cadavre qu'il palpait en tous sens. Il se releva et prononça d'une voix sentencieuse :

— Mes constatations m'amènent à affirmer que cet homme a succombé à une perforation cardiaque due à la pénétration d'un corps dur, allongé et pointu.

— Je pense, dit l'inspecteur Buckingham d'une voix grave, à peine altérée par une imperceptible ironie, que ce diagnostic est d'une remarquable exactitude.

Son regard erra sur les massifs de fleurs si soigneusement ordonnés par le prince Philip, chaque ensemble ayant été choisi pour contraster agréablement avec les autres. Plus loin sur les collines, les bruyères bleues évoquaient toute la poésie de la sauvage Écosse. L'inspecteur soupira. Comment l'assassin avait-il eu le cœur de souiller par son crime ce paysage idyllique !

⁂

— Avez-vous quelque indice, inspecteur ?

La voix de l'attaché de presse était anxieuse. Ses mains étaient crispées sur son bureau.

— De vagues soupçons sur les uns ou les autres, répondit l'inspecteur. Rien de bien sérieux et qui puisse étayer une présomption de culpabilité.

— C'est bien ennuyeux. La reine est bouleversée par cet incident. Je veux dire ce crime. Elle va certainement me demander des précisions après le dîner. Sa Majesté ne saurait souffrir qu'un attentat contre sa tranquillité restât longtemps impuni.

L'inspecteur Buckingham rétorqua d'une voix légèrement pincée qu'il ne pouvait faire arrêter des gens sur lesquels ne pesait aucune charge précise.

— Mais ce chef cuisinier, insista Phil Gail, qui a été

surpris par le défunt en flagrant délit de vol de spiritueux des caves royales, comme Peter Stetson m'en a fait, à moi aussi, la confidence, n'est-il pas un bon coupable à proposer à la reine, en attendant mieux ?

L'inspecteur désigna la bouteille de whisky pur malt posée sur le bureau de l'attaché de presse.

— Puis-je vous demander, sir, si cette bouteille a été achetée par vous-même à l'épicerie du village, ou si elle provient des réserves du château ?

Phil Gail fut pris d'une quinte de toux qui l'empêcha malheureusement de répondre.

Une minute passa, pendant laquelle l'inspecteur put contempler par la fenêtre à petits carreaux un ciel légèrement pommelé. Le mauvais temps s'annonçait. La famille royale n'aurait rien à regretter en quittant Balmoral, le lendemain matin, pour regagner Buckingham. Ses vacances étaient terminées. Ainsi que celles de l'inspecteur, qui profitait, lui aussi, chaque année, des huit semaines que la famille royale passait en Écosse.

La quinte de toux de l'attaché de presse s'était atténuée.

— Je crois, inspecteur, dit-il d'une voix encore un peu altérée, que vous avez agi sagement. Il ne faut pas susciter d'inutiles remous en mettant en cause des personnes de la Maison royale, contre lesquelles on ne disposerait pas de preuves sérieuses.

— Je suis honoré, monsieur l'attaché de presse, de votre confiance ; en fait, il y a trop de suspects dans cette affaire : le chef cuisinier, l'un des valets, peut-être même le décorateur.

— Sir Jonathan O'Sullivan ! s'exclama Phil Gail d'un air offusqué. Vous n'y pensez pas !

— Pas sérieusement, fit en hâte l'inspecteur.

Les manières affectées du décorateur lui avaient suggéré que ses mœurs n'étaient peut-être pas tout à fait orthodoxes. Et l'inspecteur considérait que ces gens-là étaient toujours à l'origine de troubles et pas seulement dans les mœurs.

L'inspecteur laissa errer sur ses lèvres un sourire triste et presque résigné. Ne disait-on pas que même au sein de la famille royale...

— Qu'est-ce qui vous fait penser, insista Phil Gail, que Jonathan O'Sullivan qui, je vous le rappelle, a été fait « Sir » par la reine, aurait pu être mêlé de près ou de loin à ce regrettable incident ?

L'inspecteur se gratta le menton avec embarras.

— Je pensais... que peut-être... Vous savez comment sont ces artistes... Que ce décorateur avait pu rechercher d'un peu trop près l'amitié d'un de ces valets si... si... plein de prestance, n'est-ce pas... et que déçu... rembarré peut-être... il ait pu en concevoir un chagrin extrême... Vous savez comment sont ces artistes.

— Un chagrin extrême ?

— ... Qui aurait pu le porter à quelque geste exagéré.

L'attaché de presse éclata de rire.

— La compagnie de sir Jonathan O'Sullivan est fort recherchée en ville. Il ne manque pas d'admirateurs, si vous voyez ce que je veux dire.

— Je vois...

— Et d'admiratrices aussi. C'est un homme aux idées larges. Il est absurde d'imaginer qu'il ait pu s'intéresser à de vulgaires valets quelle que puisse être leur « prestance » comme vous dites. Vous ignorez d'autre part un détail. Il était l'oncle de ce Dick Stevers qui a été assassiné. C'est sur sa recommandation qu'il avait été engagé. Ce serait vraiment un peu gros d'imaginer qu'il l'ait tué. En fait, il est, avec la famille royale bien sûr, le seul des participants à ce pique-nique qui soit hors de tout soupçon.

Conscient d'avoir été un peu ridicule, l'inspecteur Buckingham baissa la tête sans répondre.

CHAPITRE III

Dans le train qui accueillit le personnel de retour à Londres, ce fut la sarabande habituelle et des scènes d'ivresse dignes de supporters de football.

L'inspecteur Buckingham n'avait jamais pu s'y faire. Comment ces jeunes gens qui avaient l'honneur d'être au service de la reine pouvaient-ils ainsi déshonorer leur fonction et jeter par la même occasion un mauvais vernis sur l'auguste trône ?

Hélas, la conduite des valets, dans le wagon qu'ils occupaient, était particulièrement indigne. Ils commencèrent par des chansons à boire. Les bouteilles de whisky (des réserves de la reine ?) circulaient allégrement. Tout passager du train qui se hasardait dans le couloir était pris à partie. Surtout si c'était une femme. Les propos graveleux pleuvaient sur la malheureuse. Une des femmes de chambre se réfugia en pleurant dans le compartiment qu'occupait l'inspecteur Buckingham en bout de wagon.

— Monsieur l'inspecteur, hoquetait-elle, vous ne pourrez jamais imaginer ce qu'ils m'ont fait.

L'inspecteur Buckingham eut un geste d'effroi.

— Vous ne voulez pas dire qu'ils vous ont...

— Si, monsieur l'inspecteur, ils l'ont fait !

— Ils ont abusé de vous !

— C'est l'expression exacte qui convient.

L'inspecteur Buckingham se leva d'un bond de la banquette.

— Chère mademoiselle, il faut immédiatement vous faire examiner par le médecin de la reine qui est dans le wagon de tête. Il fera les constatations qui s'imposent. Vous intenterez un procès et vos violeurs iront au bagne.

— Hélas, je ne vois guère quelles constatations cet excellent praticien pourra faire. Ce genre de chose ne laisse pas de trace.

L'inspecteur Buckingham s'étonna de la naïveté de la femme de chambre. Il est vrai qu'elle semblait très jeune.

— Vous vous trompez, mademoiselle, ces choses-là laissent des traces.

— Dans les yeux !

— Comment cela, dans les yeux ?

— C'est par la vue qu'ils m'ont offensée, monsieur l'inspecteur, ils se sont mis à trois pour me montrer leur... leur... Ah, my God ! Je me refuse à laisser ce mot horrible souiller ma bouche.

— Refusez ! Refusez ! se hâta de lancer l'inspecteur, qui réfrénait une forte envie de rire.

Il sortit de son sac de voyage une petite flasque de xérès.

— Buvez un coup, mademoiselle, vous en avez sûrement besoin après cette terrible épreuve.

La jeune femme de chambre accepta volontiers.

— Il est presque aussi bon que celui de la reine, fit-elle remarquer en rendant le flacon à l'inspecteur.

Celui-ci hocha la tête avec un sourire las. Il devait bien être le seul de tout le personnel de la reine à acheter ses boissons chez l'épicier !

4

Le tapage des valets était si infernal que l'inspecteur Buckingham décida d'aller les tancer. Lorsqu'il arriva à la hauteur de leur compartiment, il recula devant la rafale de quolibets qui l'accueillit. Il se heurta à un contrôleur du British Rail qui le tira en arrière.

— Ce compartiment est complet, monsieur.

— Je n'ai nullement l'intention de m'installer parmi ces voyous, protesta l'inspecteur Buckingham, je suis un des détectives du « Royal Protection Group » et je voulais les rappeler à la décence.

— Gardez-vous-en bien. Un de mes collègues qui s'y était hasardé, il y a deux mois, s'est fait rouer de coups avant d'être jeté sur la voie. Heureusement, le train roulait lentement à cet endroit.

— Il n'a pas fait de procès ?

— Après moult palabres, notre syndicat a décidé d'y renoncer par respect pour la Maison royale.

L'inspecteur Buckingham hésita. Une bouteille de bière vide, lancée d'une main sûre, le manqua de peu et alla éclater sur la paroi du couloir. L'inspecteur fit la grimace.

— Je crois bien, monsieur le contrôleur, que je vais attendre que ces garçons se calment. L'alcool va bientôt les assommer.

L'inspecteur avait eu le temps de remarquer que Bill Perth n'était pas parmi les chahuteurs. Sans doute, le pauvre garçon, sous le coup de la perte de son ami, n'avait-il pas le cœur à s'amuser. Si l'on pouvait appeler « amusement » cette sinistre bacchanale !

Où Bill Perth pouvait-il être allé cacher son chagrin ?

— Où est le wagon-bar ? demanda l'inspecteur.

— Dans cette direction, deux wagons plus loin, lui indiqua le contrôleur.

4

Bill Perth était bien au wagon-bar, comme l'avait escompté l'inspecteur Buckingham. Il s'était fait servir un double gin qu'il allait devoir payer de sa poche. Sans doute le premier coup qu'il buvait à ses frais depuis deux mois. Il fallait qu'il eût été secoué par l'assassinat de Dick Stevers pour s'y résigner.

Du fond du wagon-bar, éclata la voix avinée du chef cuisinier. Il avait dû sérieusement « pinter » pour qu'on s'aperçût qu'il était saoul, songea l'inspecteur. La rumeur du palais prétendait qu'il buvait impunément deux bouteilles de vin à chaque repas, sans parler des innombrables petits whiskies qu'il s'envoyait pour combattre la chaleur des fourneaux. Lorsqu'il venait chaque matin dans le bureau de la reine pour lui transmettre les menus du jour, la souveraine veillait à ce qu'un whisky lui fût servi. Sans cet adjuvant sa langue devenait pâteuse.

— Alors mon Bill, lançait la voix du chef cuisinier, on pleure encore son copain ? Finis les trafics de soupière !

Bill Perth sursauta comme s'il avait été piqué par la pointe d'un couteau. Puis il cacha son visage dans ses mains et haussa les épaules, tout en émettant un gros sanglot.

La curiosité de l'inspecteur Buckingham était éveillée. Il se transporta jusqu'à la table qu'occupaient le chef cuisinier et l'un de ses aides.

— Pouvez-vous, chef, me donner quelques précisions sur cette histoire de soupière à laquelle vous venez de faire allusion ?

L'énorme panse du chef cuisinier fut secouée d'un gros rire.

— C'est vous le détective du palais qui me demandez cela ?

L'inspecteur Buckingham eut un sursaut de fierté blessée.

— Ne vous fâchez pas, se hâta de lancer le chef cuisinier. Il s'agit de petites histoires qui circulent parmi le personnel et dont nous gardons le secret entre nous.

L'inspecteur Buckingham hocha la tête, pensif.

— Ne s'agirait-il pas de cette soupière d'argent de grand prix qui a été soustraite à l'argenterie de Sa Majesté il y a deux mois à Buckingham, à la fin d'un grand banquet officiel dans la salle à manger ? C'était juste avant le départ pour Balmoral, et elle n'a jamais été retrouvée, n'est-ce pas ?

— C'est tout à fait cela, inspecteur. Vous voyez bien que vous êtes au courant.

L'inspecteur Buckingham se souvenait vaguement de cette affaire. C'est un de ses collègues qui avait été chargé de l'enquête. Une affaire très étrange en vérité. Il paraissait impossible qu'on pût voler une pièce de l'argenterie de la reine. Un sous-majordome de la Maison royale était spécialement chargé avant chaque banquet de compter les diverses pièces d'argenterie qui sortaient des réserves. Il pointait avec non moins de soin les rentrées. Toute disparition était aussitôt signalée. Un vol était donc découvert sur-le-champ.

— Il a fallu qu'ils soient deux pour voler cette soupière, dit le chef cuisinier comme s'il avait deviné le cours des pensées de l'inspecteur. Quand le responsable de l'argenterie s'est aperçu que la soupière manquait, il a fait aussitôt consigner dans la salle à manger tous les valets de service qui avaient aidé à débarrasser la table. Si le voleur était parmi eux, il aurait donc été dans l'impossibilité de sortir la soupière du palais pour aller la fourguer à quelque receleur.

— Il fallait donc qu'ils soient deux, répéta d'une voix songeuse l'inspecteur.

— Votre flair ne vous trompe pas. Bien que j'aie déjà dit tout à l'heure qu'ils étaient deux. Un des valets du service de table aura pris la soupière et l'aura en vitesse sortie de la salle à manger cachée sous une serviette et l'aura placée sur une des consoles du couloir adjacent, la Grande Galerie des peintures, où un complice l'aura trouvée, puis emportée à l'extérieur du palais.

— A-t-on eu des soupçons ?

— Le premier qu'on a suspecté fut Dick Stevers. Il s'était déjà signalé en volant une petite cuillère du service en or de la reine. On a retrouvé l'objet dans sa chambre. Il a prétendu qu'il n'avait fait que de l'emprunter pour se soigner.

— Se soigner ?

— Il avait un rhumatisme au genou et affirmait que seul le contact d'un objet en or pouvait le soulager.

— Pourquoi n'avait-il pas été renvoyé sur-le-champ ?

— On n'osa pas. Il était le neveu et le protégé de Jonathan O'Sullivan, le décorateur de la reine. Ce Dick Stevers était fils de bonne maison, mais il avait mal tourné et menaçait de devenir un vrai chenapan. Sa famille était ravie de s'en débarrasser en le faisant entrer comme valet à la Maison royale. C'est une tradition, dans la bourgeoisie londonienne, de faire entrer ses fruits secs au service de la reine.

L'inspecteur Buckingham réprima un de ses éternels soupirs de découragement. Pas étonnant qu'il y ait tant de scandales au palais si l'on recrutait le personnel d'une façon aussi laxiste !

— On a soupçonné Dick Stevers. Il était de sortie ce jour-là. Donc en civil. Il aurait pu quitter le palais par l'entrée principale où il n'y a pratiquement aucun contrôle, tenant la soupière enveloppée dans quelque linge.

— Comment se serait-il emparé de la soupière dans la salle à manger d'État puisqu'il était de sortie ?

— On a tout de suite pensé à Bill Perth qui était son meilleur copain et qui, lui, était de service à la salle à manger d'État. Il aurait enveloppé la soupière d'une serviette ou d'un torchon et l'aurait posée sur une console dans la Galerie de peinture adjacente où Dick Stevers l'aurait raflée. Bien entendu, on n'a rien pu prouver.

— Mon collègue a-t-il fait un rapport ?

— Je n'en sais rien, inspecteur. Il n'aurait pu le remplir qu'avec des ragots. Le seul fait incontestable, c'est que la soupière a disparu et que, malgré des recherches frénétiques dans les six cent quatre-vingt-dix pièces du palais, on n'a pu remettre la main dessus.

Le chef cuisinier produisit un énorme rot, suivi d'un lâcher de gaz non moins impressionnant de son aide.

— Je crois, cette fois-ci, chef, que c'est moi qui ai gagné, fit remarquer l'aide d'une voix triomphante.

— Croyez-vous vraiment ? fit le chef cuisinier d'une voix aigre.

Il était mauvais perdant.

— Je le crois, chef, j'ai été plus long d'au moins deux secondes.

— Mais le mien était plus fort.

Le chef cuisinier se tourna vers l'inspecteur Buckingham.

— Nous allons remettre ça, inspecteur. Voulez-vous consentir à faire l'arbitre ?

L'inspecteur Buckingham, horrifié, s'enfuit à l'autre bout du wagon-bar avant que le deuxième round de cette ignoble joute eût commencé.

⁂

L'inspecteur Buckingham avait passé un bras affectueux autour du cou de Bill Perth, toujours effondré devant son double gin.

— Allons mon garçon. Il faut prendre sur vous. La vie continue. Pensez que votre camarade n'aurait pas aimé vous voir pleurer si longuement. Pensez à la reine auprès de laquelle le devoir vous appelle et que vous ne sauriez servir avec des yeux rougis.

— J'y pense, j'y pense, murmura d'une voix quelque peu ragaillardie le valet, comme si l'évocation de son métier lui avait relevé le moral.

— Vous étiez très amis tous les deux, Dick Stevers et vous, insinua d'une voix douce l'inspecteur Buckingham.

Bill Perth releva la tête. L'inspecteur crut voir dans ses yeux une lueur hargneuse.

— Vous n'allez pas croire, inspecteur, comme cette brute de cuistot, que nous étions complices dans cette affaire de soupière ?

Et il ajouta avec force :

— Je vous jure, monsieur l'inspecteur, que je n'ai jamais soustrait cette pièce d'argenterie au cours de mon service à ce banquet.

Sur ce, il fondit à nouveau en larmes.

L'inspecteur, ému, était plutôt enclin à le croire. D'aussi abondantes larmes ne pouvaient être feintes.

⁂

De retour dans son compartiment, l'inspecteur Buckingham relut avec attention les notes qu'il avait consignées dans son petit carnet écossais. Puis il plongea dans ses réflexions, passant en revue tous les suspects du crime.

Le chef cuisinier d'abord. Peu probable qu'il ait assassiné Dick Stevers parce que le valet l'avait surpris en train de dérober des bouteilles de la reine. Tout le monde le faisait. La reine le savait et ne disait rien. Le chef-cuisinier devait bien se moquer qu'on le dénonçât.

Le décorateur ? Impossible d'imaginer qu'il ait tué son propre neveu et protégé parce qu'il aurait repoussé ses avances. Il n'était pas en peine d'assouvir ailleurs ses goûts regrettables.

Restait Bill Perth. Ses larmes paraissaient sincères, mais n'était-ce pas des larmes de remords ? S'était-il disputé avec son camarade, non pas à cause d'une affaire de femme qui ne paraissait pas bien sérieuse, mais à propos du partage de la vente de la fameuse soupière ? Cependant, il n'existait aucune certitude que Bill Perth l'ait volée et s'il l'avait fait, aucune preuve que Dick Stevers l'ait aidé à la faire sortir du palais. N'importe quel complice extérieur aurait pu s'en charger. Nul besoin de faire appel à Dick Stevers. On entrait comme dans un moulin à Buckingham.

L'inspecteur se souvenait très précisément du rapport qu'avait établi à ce sujet un de ses collègues du « Royal Protection Group » sur l'absence d'un contrôle sérieux aux entrées du palais. Ce rapport avait beaucoup ému le prince Philip qui avait fait renforcer les mesures de sécurité.

« Rien de plus facile, disait le rapport, que de s'introduire dans le parc et à l'intérieur du palais, il suffit, par exemple, de se glisser dans l'une des nombreuses camionnettes de livraison qui entrent à Buckingham, surtout lorsqu'il s'y donne un banquet. »

Cette facilité d'accès avait déjà été à l'origine de fâcheux incidents.

Un jeune punk, pris de boisson, avait pénétré dans le grand hall et avait réussi à casser quelques meubles précieux avant d'être arrêté par deux policiers.

Trois jeunes touristes allemands avaient escaladé les grilles du parc où ils avaient installé leur tente pour la nuit. « On pense que la reine s'en fiche si on campe dans son beau jardin, avaient-ils dit pour leur défense, elle est gentille la reine, non ? » N'empêche qu'on ne s'était avisé de leur présence sur la pelouse royale que le lendemain matin !

De toutes ces aventures, la plus effrayante était survenue à l'actuelle reine dans la nuit du 20 juillet 1982. Elle s'était réveillée en sursaut. Un inconnu était assis au pied de son lit. Il expliqua qu'il avait escaladé la façade pour pénétrer dans la chambre royale. Il désirait simplement bavarder avec Sa Majesté. Il ne semblait pas armé. La reine appuya sur le bouton de sécurité qui devait alerter les détectives. Ceux-ci entendirent la sonnerie d'alarme, mais continuèrent à jouer aux cartes. Cette foutue sonnette se détraquait tout le temps ! Il ne restait plus à la reine qu'à bavarder avec le dément en espérant qu'il n'allait pas la poignarder. « Avez-vous une cigarette ? » demanda-t-il. La reine sauta sur l'occasion. « Je vais en chercher dans mon boudoir. » Elle sortit de la chambre et appela aussitôt par interphone son valet personnel qui vint la tirer d'affaire.

N'importe qui, le jour du banquet où avait disparu la soupière, aurait donc pu se faufiler dans le palais et prêter main forte au voleur pour l'en faire sortir, ce qui dissipait les soupçons pesant sur feu le valet Dick Stevers.

L'inspecteur Buckingham songea, en outre, que la Grande

Galerie de peinture adjacente aux salles à manger royales était ouverte au public de 10 h 30 à 17 h 30. Or, le banquet au cours duquel avait disparu la soupière avait débuté à 13 heures.

Pour pénétrer dans la Galerie de peinture et s'emparer de la soupière déposée sur une console par le voleur, et peut-être dissimulée par une serviette, il suffisait tout simplement au complice de prendre un billet d'entrée à la Galerie au tarif de 1 livre 70 pence. Les amateurs d'art qui accédaient à la Galerie, située au premier étage, par le grand hall du rez-de-chaussée et l'escalier d'honneur, n'étaient soumis à aucun contrôle.

Un moyen très simple de savoir qui avait fait sortir la soupière du palais vint à l'esprit de l'inspecteur Buckingham.

CHAPITRE IV

La boutique d'antiquaire de Malcolm Pimbel donnait sur le Strand, une des avenues élégantes du centre de Londres. Avant d'y pénétrer, l'inspecteur Buckingham jeta un regard admiratif aux superbes tapis qui garnissaient la devanture, groupés autour d'un bureau Chippendale. Malcolm Pimbel ne mettait en vitrine que des objets somptueux. Il avait l'une des plus belles clientèles de Londres.

L'inspecteur Buckingham le tenait aussi pour un des plus habiles receleurs de la ville. Du temps qu'il servait à Scotland Yard, il avait acquis la preuve que le fruit des cambriolages des châteaux et des hôtels particuliers les plus cossus passait toujours entre ses mains. Les cambrioleurs arrêtés n'en faisaient pas mystère. Mais la police n'était jamais parvenue à le coincer. Le forban était habile. Aucun des objets volés ne transitait par son magasin comme l'avaient montré de nombreuses fouilles faites à l'improviste. L'inspecteur Buckingham et ses collègues savaient pourtant parfaitement qu'il était impliqué dans les « casses » les plus célèbres de ces dernières années. Et Malcom Pimbel savait qu'ils le savaient.

— Quel bon vent vous amène, inspecteur ! s'écria Pimbel en s'avançant, les mains tendues.

C'était un petit homme chauve au visage chiffonné, toujours vêtu de velours noir et d'une cravate à fleurs.

— Une petite enquête, cher monsieur Pimbel, pour laquelle j'ai pensé que vous pourriez m'être de quelque secours. Il s'agit d'un objet de grande valeur qui a été dérobé au palais de Buckingham.

— Tss... Tss... inspecteur, vous n'allez pas recommencer à m'accabler de ces ridicules soupçons. Je me suis toujours scrupuleusement tenu à l'écart de toutes les affaires d'objets volés.

— C'est tout à votre honneur, susurra l'inspecteur d'une voix dont il ne cherchait pas à voiler l'ironie. Cependant, j'ai pensé qu'avec vos immenses relations vous auriez pu entendre parler de quelque chose. Il s'agit d'une soupière en argent du XVIIIe siècle, portant le poinçon du maître orfèvre Paul de Lamerie, qui a disparu au cours d'un banquet donné à Buckingham au début du mois d'août.

L'inspecteur était persuadé qu'une pièce aussi précieuse, même si elle avait été proposée à un autre receleur, serait remontée jusqu'à Malcolm Pimbel, seul capable de la « fourguer » avantageusement. Il connaissait tous les riches amateurs d'œuvres d'art, aussi bien du Royaume que du monde entier.

— Vous m'offensez profondément, inspecteur, protesta Pimbel, en imaginant que je puisse être mêlé à ce vol révoltant.

L'antiquaire joignit ses mains garnies de bagues et leva les yeux au ciel.

— Comment peut-on oser voler notre souveraine, si noble et si bonne !

— On ne respecte plus rien, soupira l'inspecteur.

Un moment se passa, pendant lequel ils ne firent que hocher la tête avec componction.

— Cependant, reprit l'inspecteur, je m'étais dit que vous auriez pu en entendre parler.

— Il faudrait pour cela, monsieur l'inspecteur, que je fréquente le milieu du recel. Cette seule idée me fait horreur.

— Vous auriez pu saisir au vol quelque potin, dans ces

bistros que fréquentent tous les antiquaires autour des grandes salles des ventes.

— Je le concède. Mais voyez-vous, inspecteur, rien ne m'est revenu à propos d'une soupière royale volée et proposée à la vente. Je reconnais qu'un tel événement aurait fait du bruit dans notre petit Landerneau et qu'il aurait pu m'en revenir quelque écho.

L'inspecteur laissa s'écouler une bonne minute qu'il occupa à tapoter son petit carnet écossais d'un air préoccupé.

— Il faut que je vous dise, monsieur Pimbel, qu'il s'agit d'une affaire particulièrement grave. Il y a non seulement vol, mais crime.

— Un crime ! s'écria Malcolm Pimbel d'une voix épouvantée.

L'inspecteur Buckingham était loin d'être certain qu'il y eut un rapport entre le vol de la soupière et le meurtre de Dick Stevers, mais son objectif était d'effrayer Malcolm Pimbel. Il n'y avait rien que craignaient plus les receleurs que d'être impliqués dans un crime ou même dans un cambriolage à main armée.

— Un crime ! souligna d'une voix forte l'inspecteur. Cette soupière est sanglante si j'ose dire, et quiconque y aura touché a les mains couvertes de ce sang.

— Je vous assure, monsieur l'inspecteur, que mes mains sont pures de tout contact de ce genre.

L'inspecteur Buckingham se pencha à l'oreille de l'antiquaire.

— Bien entendu, si vous m'aidiez dans mon enquête, je saurais me taire et garder à vos mains leur précieuse pureté.

Malcolm Pimbel le regarda avec gravité.

— Croyez-moi si vous le voulez, inspecteur ; je n'ai jamais trempé de près ou de loin dans cette affaire de soupière royale volée et je n'en ai recueilli nulle part le moindre écho.

L'inspecteur Buckingham fit la grimace. Il n'avait aucune

raison de mettre en doute la parole de l'habile receleur. Il était donc à peu certain que la soupière n'avait pas été mise sur le marché. Et donc peu probable que le voleur et son complice se soient disputés son produit.

— Combien vaudrait un tel objet ? demanda l'inspecteur avant de prendre congé.

— Je ne peux répondre sans l'avoir vu.

— Plusieurs centaines ou plusieurs milliers de livres ?

— Plusieurs milliers à coup sûr. Ces objets sont rares. À la dernière vente de Sotheby's, une cafetière de cet orfèvre a fait douze mille livres.

Deux fois le salaire annuel d'un valet de la reine, calcula l'inspecteur Buckingham. Assez pour être malhonnête. Mais peut-être pas assez pour devenir un assassin.

⁂

En sortant de la boutique de Malcolm Pimbel, l'inspecteur, constatant qu'il était presque midi, décida de rentrer chez lui. Depuis qu'il était au service de la reine, il avait convaincu sa femme de déménager à Londres, pas trop loin du palais, afin qu'il puisse venir déjeuner avec elle chaque jour. C'était l'un des rêves de l'inspecteur, qu'il n'avait pu réaliser du temps de son service à Scotland Yard où la pause de midi n'était que d'une demi-heure. C'est avec peine que Mrs Smith avait quitté leur petite maison d'Ashford, dans la banlieue ouest, remplie de poupées anciennes et de napperons de dentelle, pour un étroit deux pièces près de la gare de Charing Cross.

— Ne peux-tu, comme tous tes collègues, te contenter d'un sandwich et d'un thé à midi, avait-elle objecté. Cette habitude du solide repas de midi n'est pas britannique. Elle nous a été apportée du Continent par ce Guillaume le Conquérant qui était peut-être un gentleman, mais malheureusement dévoyé par les mœurs françaises. Un bon Anglais ne fait pas à midi un déjeuner continental.

— Tu oublies, rétorquait l'inspecteur, que je ne suis pas anglais, mais gallois. Nous autres Gallois n'avons pas adopté les mœurs des conquérants saxons du VIIe siècle et leurs détestables sandwiches.

Mrs Smith s'était résignée au caprice de son mari. En vérité, elle avait pris goût à cuisiner pour lui et était même devenue gourmande, ce dont elle n'aurait jamais osé se vanter auprès de ses amies, si prudes ! Le voisinage avait remarqué avec étonnement (et quelques murmures) qu'à midi des odeurs appétissantes s'échappaient de la cuisine de Mrs Smith et gagnaient parfois les parties communes.

C'étaient des effluves délicieux de *yorkshire pudding* que respirait l'inspecteur Buckingham en gravissant l'étroit escalier de son immeuble.

— Tu es en avance ! s'étonna sa femme.

— J'avais affaire dans le quartier. J'en ai profité pour gratter un peu sur mes heures de service.

— La reine ne serait pas contente si elle l'apprenait.

— La reine ne pourrait que m'approuver de prendre un peu de repos pendant une enquête qui s'avère bien difficile.

L'inspecteur ne parlait jamais à sa femme, sinon par allusion, de ses activités professionnelles. C'était un principe qu'on lui avait inculqué à Scotland Yard où on se méfiait des bavardages féminins.

— Mon pauvre ami ! s'exclama Mrs Smith, j'espère qu'il ne s'agit pas d'une affaire trop grave.

— Non. C'est une affaire de vol. Du moins me semble-t-il.

— Pauvre reine ! Un de ses visiteurs africains lui aura encore fauché un poste de radio.

La semaine précédente, le président nigérian et sa suite avaient été reçus solennellement par la reine et logés au palais dans une suite somptueuse connue sous le nom de « Suite belge ». En partant, les Nigérians avaient emporté tout ce qui pouvait être fourré dans leurs valises : bibelots, livres rares, pendules, poste de radio et bien entendu les cendriers. La presse populaire s'en était scandalisée. Le *Sun*, journal favori de Mrs Smith, avait même publié — grâce à quelque inavouable complicité au palais — la liste complète des objets dérobés.

— Pourquoi as-tu dit, fit Mrs Smith, d'une voix pleine de curiosité, « c'est une affaire de vol, du moins me semble-t-il » ?

L'inspecteur ne pouvait répondre à cette question sans enfreindre son principe de ne jamais parler à l'extérieur, même à sa femme, des enquêtes qu'il menait. Mais le *yorkshire pudding* était si succulent qu'il fit à Mrs Smith le petit plaisir de lui révéler un bout de mystère.

— Il s'agit en fait d'un crime qui pourrait bien être lié à un vol.

— Un crime ! s'écria Mrs Smith. Un crime chez la reine ! Quelle horreur !

L'inspecteur se reprocha d'avoir trop parlé. Mais le mal était fait.

— Est-ce une enquête si difficile ? demanda Mrs Smith.

— Très difficile, répondit, laconique, l'inspecteur.

Il était maintenant bien décidé à se taire et à ne pas se laisser attendrir par l'arôme du *pie* aux poires que son épouse venait de déposer sur la table.

— J'espère, dit-elle en servant généreusement son mari, que tu n'as pas oublié le fameux dicton de la police française dans laquelle tu as fait un stage quand tu étais jeune inspecteur débutant.

— S'agit-il de ce dicton du commissaire Maigret, en vérité assez banal : « Il faut trouver à qui profite le crime » ?

— Non, mon cher John, c'est un dicton plus profond encore, qu'un policier ne devrait jamais oublier, à mon humble avis.

— Ne me fais pas languir. Quel est ce dicton si remarquable ?

— Cherchez la femme !

CHAPITRE V

Les chambres du personnel occupaient une grande partie du deuxième étage du palais. L'inspecteur Buckingham se fit conduire, par l'un des pages, de l'escalier de service à la chambre de Margaret Auburn, la femme de chambre qui, à en croire le chef cuisinier, était la bonne amie du valet assassiné.

Le page, tout en le pilotant dans les vastes couloirs de l'aile orientale du palais de Buckingham, jetait des coups d'œil malicieux à l'inspecteur.

— Alors vous aussi, inspecteur !

— Moi aussi quoi ? fit l'inspecteur Buckingham interloqué.

— Vous aussi, elle vous a mis le grappin dessus.

L'inspecteur Buckingham faillit s'étouffer. Qu'allait s'imaginer ce petit impertinent !

— Je fais une enquête sur la sécurité du palais, fit-il d'une voix hautaine, gardez pour vous, jeune homme, vos stupides inventions.

— Excusez-moi, inspecteur, je pensais que vous alliez vous aussi, vous essuyer les pieds sur « le Paillasson ».

L'inspecteur Buckingham se souvint que le chef cuisinier lui avait confié que l'on désignait sous ce sobriquet la malheureuse Margaret Auburn. Il rougit. À quelles honteuses suspicions l'honnête exercice de son métier ne l'exposait-il pas !

— On l'appelle aussi « la Bicyclette », reprit le page.

— La bicyclette ? Pourquoi donc ?

— Parce que tout le monde peut monter dessus ! pouffa le page.

L'inspecteur Buckingham lui jeta un regard sévère. Il lui paraissait sacrilège qu'on tînt de tels propos dans les murs d'un auguste palais royal.

— Voici la chambre de notre valeureuse pédaleuse, dit le page, qui ajouta d'une voix pleine de sous-entendus :

— Je vous laisse, inspecteur.

L'inspecteur Buckingham fit appel à saint Georges pour ne pas allonger un coup de pied dans le fond de la culotte de soie de l'impudent garnement.

Margaret Auburn était là, comme l'avait escompté l'inspecteur. Le personnel du palais prolongeait volontiers d'une petite sieste le *break* du lunch. D'autant que les repas servis à la cantine du personnel au premier étage étaient réputés pour leur abondance et leur succulence.

— Qu'est-ce qui me vaut l'honneur, inspecteur ? Viendriez-vous me présenter vos condoléances ?

Cette entrée en matière embarrassa l'inspecteur Buckingham. Il n'était pas censé présenter ses condoléances à Margaret Auburn, qui n'avait aucun lien officiel avec Dick Stevers. Ils n'étaient même pas fiancés ! D'un autre côté, il ne pouvait faire mine d'ignorer leur liaison puisque c'était justement pour cela qu'il était venu rendre visite à la femme de chambre.

— Heu, fit-il d'une voix gênée, je suis certainement navré pour vous. Vous devez éprouver un grand chagrin.

Il disait cela pour la forme. Car la jeune personne qui lui avait ouvert ne respirait guère la mélancolie. De grands yeux malicieux brillaient de vie dans son minois frais et rose. Elle avait un corps menu et nerveux de danseuse, avec cette sorte de beauté piquante que l'inspecteur aurait volontiers qualifiée de « beauté du diable ».

— J'éprouve toujours un grand chagrin quand je perds un de mes admirateurs, susurra Margaret Auburn.

Ce qui ne parut pas à l'inspecteur l'expression d'un désespoir absolu.

— J'espère, dit-il, que les rangs de cette cohorte sont encore suffisamment fournis pour que vous puissiez y trouver des secours contre votre douleur.

— Je ne saisis pas exactement votre pensée, inspecteur.

— Je veux dire que l'on ne doit pas désespérer de vous voir bientôt consolée.

La femme de chambre fit un geste désinvolte accompagné d'un sourire enjoué.

— Dick Stevers n'aurait pas voulu que je le pleure trop longtemps.

L'inspecteur Buckingham ne répondit pas et laissa passer quelques anges philosophiques.

— Un qui n'a pas l'air de se consoler, ajouta-t-il d'une voix douce, c'est son camarade Bill Perth. Hier encore, dans le train de retour de Balmoral, il était en larmes.

— Pauvre garçon. C'est un grand sensible.

— L'idée stupide m'était venue qu'il aurait pu vous faire la cour. Il semble, hélas, que, de nos jours, ce soit la coutume d'essayer de voler la femme de son meilleur ami.

Margaret Auburn rit sans retenue.

— Je l'ai peut-être laissé m'embrasser au bal du personnel, à Noël. Rien de plus. Vous pouvez me croire, inspecteur. Je ne suis pas femme à cacher mes succès. Bill n'avait d'ailleurs rien pour me plaire. Il est toujours fourré dans les jupes de Maud de Gammersfield, une femme de la haute, une dame de la garde-robe de la reine, épouse d'un noble par-dessus le marché. Un type qui couche avec une femme au-dessus de sa condition, c'est, pour moi, une sorte de maquereau. Il ne m'intéresse pas.

— Oh ! fit l'inspecteur Buckingham, vous êtes sévère !

— En plus, avec ces femmes de la noblesse qui vivent une partie de l'année dans des châteaux non chauffés et sans eau courante, et qui donc ne se lavent pas, on attrape de drôles de maladies.

Cet aperçu des préjugés des classes inférieures envers la noblesse britannique plongea l'inspecteur Buckingham dans l'inquiétude. N'était-ce pas comme cela qu'avait commencé la Révolution française ?

— En plus, ajouta d'une voix dédaigneuse la femme de chambre, ce Bill Perth qui joue aux courses n'a jamais un rond. Et figurez-vous que j'aime les cadeaux !

L'inspecteur Buckingham laissa échapper un sourire amusé.

— Je vois, inspecteur, que vous avez l'air de me considérer comme une putain. Je ne suis pas plus une putain que n'importe quelle femme mariée à qui son mari remet sa paye. Elle est réglée en fin de mois et moi au coup par coup, si j'ose dire. Je ne vois pas où est la différence.

L'inspecteur eut un haut-le-cœur en pensant à sa digne épouse. Inutile de chapitrer cette malheureuse servante. Comme le disait à peu près Oscar Wilde, le travail est la plaie des classes qui forniquent.

— Parlez-moi de ce malheureux Dick Stevers, enchaîna l'inspecteur. J'ai ouï dire qu'il avait mauvaise réputation. On l'accusait de chaparder dans le palais. On m'a rapporté une histoire de cuillère en or.

— Pauvre garçon ! Les mauvaises langues s'acharnaient sur lui parce qu'il est entré au palais par protection.

— Je sais cela. C'est son oncle Jonathan O'Sullivan, le décorateur de la reine qui lui a procuré cet emploi de valet. On m'a dit aussi que sa famille lui a été très reconnaissante de l'en débarrasser. Il menaçait de tourner au chenapan.

— Tout cela est très exagéré. Son père était notaire. C'est vous dire comme il pouvait être à cheval sur les convenances. Quand Dick a quitté l'école à seize ans, s'est acoquiné avec des punks et des dealers et a été compromis dans une affaire de vol de moto, le notaire s'en est fait toute une montagne. Dick était en fait un brave garçon. Un peu faible. Il s'est sans doute laissé entraîner. Pas de quoi monter sur ses grands chevaux.

— Tout de même, hasarda l'inspecteur, des punks... des dealers... des vols de motos... pour un père de famille convenable, c'est ennuyeux.

— En tout cas, dès qu'il est entré au service de la reine, il s'est assagi.

— C'est ce que vous dites, coupa l'inspecteur, il y a cette affaire de petite cuillère en or.

— Je puis jurer que c'était pour soigner un rhumatisme.

— Ne jurez pas !

Margaret Auburn rit avec bonne humeur.

— Je reconnais que c'est difficile à croire.

— Et l'affaire de la soupière en argent ?

— J'ai entendu parler de cette histoire. Je suis convaincue qu'il n'a pas été complice de ce vol. Il m'en aurait parlé. Il me disait tout, voyez-vous, surtout sur... sur...

— ... sur l'oreiller, compléta l'inspecteur Buckingham d'une voix pincée.

— Voilà, sur l'oreiller !

L'inspecteur, qui avait pris quelques notes au cours de cet entretien dans son petit carnet écossais, ajouta un gros point d'interrogation. Fallait-il croire Margaret Auburn ? Toutes les femmes étaient persuadées que leur amant — ou même leur mari — leur disait tout sur l'oreiller. N'étaient-elles pas trop outrecuidantes ? Lui-même, en aucune circonstance, n'eût confié à Mrs Smith les secrets du service. Il se considérait pourtant comme un mari aimant.

— D'ailleurs, ajouta la femme de chambre, s'il avait aidé à voler et à revendre cette soupière d'argent, qu'on dit d'un grand prix, il m'aurait fait des cadeaux. C'était un garçon très généreux. Or, il ne m'a fait aucun cadeau particulier qui m'aurait frappé.

Toute la vie de cette personne semblait tourner autour des cadeaux de ses soupirants, remarqua l'inspecteur Buckingham. C'était un nouveau signe de la décadence des mœurs que des personnes d'une éducation aussi relâchée aient pu être engagées au service de la reine, dans sa propre maison.

Il ne voyait pas en rose, dans ces conditions, l'avenir de ce qui restait de l'Empire britannique.

— Pour vous dire, reprit Margaret Auburn, à quel point Dick Stevers était un brave garçon, sachez qu'il n'était même pas armé.

— Armé ? Que voulez-vous dire ? s'étonna l'inspecteur, ahuri.

— Je veux dire qu'il n'avait même pas un couteau à cran d'arrêt comme tant de ses collègues.

— Je ne comprends pas. Pourquoi porter un tel couteau dans le palais ?

— Pas au palais. Mais, au cours des sorties du dimanche, c'est bien utile dans toutes ces boîtes. Bien que Dick ne les ait guère fréquentées.

— Je ne vois pas la nécessité d'emporter un couteau à cran d'arrêt dans une boîte convenable.

— Je ne crois pas que nos jeunes valets, de sortie, apprécient tellement les boîtes convenables.

L'inspecteur se souvint d'un incident survenu l'hiver précédent : un jeune stagiaire des cuisines s'étant pris de dispute avec un type qui attendait à un arrêt d'autobus, avait sorti un couteau et l'avait menacé. Un policier était intervenu et avait ramené le jeune homme par l'oreille au palais. Il n'avait pas osé le traîner au commissariat de peur de faire de la peine à sa souveraine. Plus fort encore, le stagiaire avait été sévèrement tancé par le Maître de la Maison royale mais on ne l'avait pas renvoyé. On lui avait tout de même confisqué son couteau !

— En somme, mademoiselle, conclut l'inspecteur, vous repoussez comme tout à fait absurde, l'hypothèse qui a circulé que Bill Perth aît pu tuer votre... votre camarade, le jeune Dick Stevers, parce qu'il le jalousait.

— Tout à fait absurde, inspecteur, je crois que les sentiments d'amitié qui liaient ces deux-là étaient plus forts que l'intérêt qu'ils pouvaient porter à une pécheresse de mon espèce.

— Oh ! s'écria l'inspecteur.

— N'est-ce pas ce que vous pensez de moi, dans votre for intérieur ?

— Je ne me permets pas de telles pensées et encore moins à leur expression de pénétrer dans mon for intérieur, protesta l'inspecteur Buckingham.

— Qui aurait cru que c'est dans la police que l'on trouve les derniers gentlemen, minauda la femme de chambre en décochant à l'inspecteur un regard terriblement câlin.

L'inspecteur Buckingham s'empressa de battre en retraite vers la porte. Cette... Cette... Cette donzelle s'imaginait-elle qu'elle allait l'épingler dans sa collection ? Sur le pas de la porte, il lança une dernière question.

— Il vous paraît sans doute non moins absurde, mademoiselle, que ces deux excellents amis aient pu se disputer sur le partage de la vente d'une soupière volée.

— Tout à fait absurde, monsieur l'inspecteur, car s'il y avait eu un pactole à partager j'aurais été la première servie.

— Je n'en doute pas, fit l'inspecteur Buckingham avec une révérence dont l'ironie échappa sans doute à la jeune Messaline.

CHAPITRE VI

Ce fut un véritable soulagement pour l'inspecteur Buckingham de retrouver, dans les bureaux de l'attaché de presse du palais, les manières distinguées et réservées qu'il estimait devoir être inséparables du service de la reine.

— Où en êtes-vous, cher ami, de votre enquête sur ce regrettable homicide ? lui demanda courtoisement Phil Gail. N'oubliez pas que la police du comté de Balmoral ne vous en a laissé le soin qu'à la condition que vous retrouviez le criminel à l'échéance de quinze jours. Or, une demi-semaine s'est déjà écoulée.

Le rappel de ce court délai fit couler une sueur froide dans le dos de l'inspecteur Buckingham. S'il échouait, sa réputation en serait définitivement ternie. En outre, l'affaire, reprise en mains par la police locale, serait vite connue de la grande presse qui avait des représentants partout. La reine ne le pardonnerait jamais !

Il fit à l'attaché de presse un bref résumé de ses investigations. Il dut avouer qu'il n'y voyait guère clair. En dehors de cette histoire de soupière volée, dont on ne pouvait savoir avec certitude si elle y avait participé, la victime ne semblait pas avoir été compromise dans une affaire de cœur suffisamment compliquée pour qu'elle ait entraîné un meurtre. « Ses mœurs, hélas, paraissent normalement dévoyées », soupira l'inspecteur avec un regard navré vers le plafond.

Phil Gail toussota. L'évocation d'amours irrégulières plongeait toujours les Anglais de la bonne société dans une gêne hypocrite.

— J'avais un instant suspecté son ami Bill Perth, mais je le crois hors de cause, reprit l'inspecteur.

Il ajouta du bout des lèvres :

— Bien que lui aussi ait des mœurs regrettables. Il aurait une liaison au palais.

— Vous voulez parler sans doute, cher ami, de la comtesse de Gammersfield.

— J'ignorais qu'elle fût comtesse.

— C'est l'épouse du comte de Gammersfield. Un mariage bien regrettable.

L'attaché de presse à son tour leva les yeux au ciel.

— Même dans notre vieille noblesse britannique, on voit de ces unions choquantes.

— Cette dame serait-elle une roturière ? interrogea l'inspecteur Buckingham avec circonspection.

Il répugnait à avancer une si triste hypothèse.

— Non seulement roturière, cher ami, mais fille d'un jardinier. Un des propres jardiniers du comte, en son château du Yorkshire.

— Oh ! fit l'inspecteur Buckingham, secoué.

— Vous pensez bien que cette union ne pouvait être heureuse. Certes, cette fille de jardinier avait cette sorte de joliesse rustique qu'on voit aux chiens de ce comté. Mais ces avantages passent avec l'âge.

L'inspecteur Buckingham approuva d'un énergique hochement de tête.

— Il est certain, ajouta-t-il d'une voix pénétrée, qu'un mariage doit avant tout reposer sur des valeurs spirituelles.

Phil Gail sourit avec condescendance. Ce n'était pas tout à fait ce qu'il avait voulu dire. Un bon mariage, dans la haute société anglaise, n'est fondé ni sur les avantages physiques ni sur les beautés spirituelles des époux mais sur leur assortiment social. Rien de plus.

— Le comte et la comtesse de Gammersfield ont fini par vivre séparés ou presque, commenta-t-il. Il vit dans son château où sa femme ne le rejoint qu'aux vacances d'été. Elle a sa chambre à Buckingham où elle occupe les fonctions de Maîtresse de la garde-robe de la reine.

L'attaché de presse ajouta avec un léger sourire, comme pour s'excuser de l'à-peu-près :

— Elle est aussi la maîtresse de ce Bill Perth, un simple valet qu'elle couvre de petits cadeaux.

— Le renard retourne toujours à ton terrier, fit l'inspecteur d'une voix sentencieuse.

— Que voulez-vous dire ?

— Que cette comtesse d'occasion, cette fille de jardinier, s'est facilement laissé séduire par un garçon de sa condition d'origine.

— Je crois surtout que, déjà sur le retour, la comtesse aime la chair fraîche.

— Et s'encanailler un peu.

Phil Gail eut un haussement d'épaules fataliste, comme s'il pensait qu'une personne qui avait gravi trop rapidement l'échelle sociale était inexorablement condamnée à en dégringoler.

— Il serait ennuyeux pour elle que ce Bill Perth ait trempé dans le vol de cette soupière d'argent, fit observer l'inspecteur.

— Certes, cette promiscuité avec un voleur salirait le blason de son mari. S'il en était encore besoin.

— Que voulez-vous dire ? Ce blason est-il déjà terni ?

— Les pratiques de la comtesse l'ont fâcheusement obscurci. Elle a l'habitude de prélever dans les réserves du palais, qui occupent comme vous le savez d'immenses caves, les meubles et les bibelots qui lui plaisent afin de remeubler son château du Yorkshire. Jonathan O'Sullivan, le décorateur de la reine, s'occupe du transport. Il aurait aussi décoré gratuitement les salons du château de la comtesse.

— La reine n'est-elle pas au courant ?

— Elle ne peut en effet l'ignorer. Mais la comtesse a obtenu qu'elle considère que ces meubles lui étaient simplement prêtés. Elle a expliqué à la reine que ses fonctions au palais l'obligeaient à recevoir les grands couturiers et qu'elle devait à Sa Majesté de les recevoir dans un décor convenable.

— Des grands couturiers ! Dans le Yorkshire ! Mais ils sont tous à Londres ! s'exclama l'inspecteur.

— C'est ce que j'aurais fait valoir à la reine si elle m'avait consulté. Mais Sa Majesté n'écoute que sa bonté.

— Et est-ce en écoutant aussi sa bonté que Jonathan O'Sullivan a décoré gratuitement les salons du château de la comtesse ?

— Certes. La bonté de la reine est communicative.

Pour autant que l'inspecteur Buckingham se souvînt de sa rencontre avec le décorateur au cours du fatal pique-nique, il ne lui avait pas semblé que la bonté fût sa vertu dominante. Il avait en particulier tourné en dérision son chapeau melon.

— En somme, reprit Phil Gail, vous n'avez comme piste pour l'instant que cette petite histoire de soupière volée.

— Une soupière valant tout de même une dizaine de milliers de livres.

L'attaché de presse eut un sourire sceptique. Cette somme ne lui paraissait pas, à lui aussi, en rapport avec le crime.

— Il serait peut-être bon, inspecteur, que vous ayez une meilleure connaissance de cet objet volé, au cas où vos investigations vous mettraient en contact avec lui.

Phil Gail tendit une photo à l'inspecteur Buckingham.

— Cette photo a été prise l'année dernière au cours d'un banquet donné dans la grande salle de bal en l'honneur de la reine du Danemark. Vous remarquerez au second plan, derrière l'ambassadeur du Danemark, un valet qui porte une soupière dans laquelle un autre valet plonge une louche.

— Dois-je supposer qu'il s'agit de la fameuse soupière ?

— Vous le devez.

— Elle ressemble à n'importe quelle soupière d'argent.

— Vous observerez pourtant que ses anses sont figurées par deux dauphins, ce qui n'est pas banal.

— Je l'ai noté, fit l'inspecteur en rendant la photo à l'attaché de presse.

— Il s'agit en effet d'une soupière réservée au consommé de poisson, ajouta Phil Gail.

L'inspecteur Buckingham nota ce précieux renseignement dans son petit carnet écossais. Puis il se leva et jeta un coup d'œil sur la pendule murale.

— Il serait temps que je me rende chez cette comtesse avant que l'heure de la sieste ne soit passée, dit-il.

— Penseriez-vous, inspecteur, qu'elle ait été mêlée à ce crime ?

— Je pense, si je peux me permettre un jeu de mots à peine convenable, qu'elle a été mêlée à l'un des amis de la victime. Son audition pourra peut-être m'éclairer.

L'inspecteur s'éloigna d'un pas pesant, l'air soucieux. C'était la première fois qu'il entreprenait de confesser une comtesse.

CHAPITRE VII

L'inspecteur Buckingham monta au deuxième étage du palais où la comtesse de Gammersfield avait sa chambre personnelle. Il frappa à la porte mais personne ne lui ouvrit.

— La vieille guenon est partie se promener dans le parc, lança une voix derrière lui.

L'inspecteur, étonné, se retourna. Deux femmes de ménage s'approchaient de la porte de la comtesse. L'une d'elles brandissait un trousseau de clefs.

— On va pouvoir enfin faire le ménage de cette grande salle, proclama-t-elle. Elle s'y est toujours opposée. Elle dit qu'elle ne veut pas qu'on vienne fouiner dans son bric-à-brac. Comme si les femmes de ménage étaient des voleuses !

La femme de ménage ouvrit la porte. L'inspecteur pénétra derrière elle dans la chambre de la comtesse. Elle était somptueusement garnie de meubles anciens sur lesquels reposaient une foule d'objets d'argent et d'ivoire.

— Si ça se trouve, dit l'autre femme de ménage, en émettant un long sifflement, c'est elle la voleuse. Pour sûr qu'elle a piqué tout cela dans les réserves du palais.

L'inspecteur Buckingham était tout disposé à la croire.

Les deux femmes passèrent l'aspirateur, puis fourragèrent sous le lit avec un balai.

— Mince alors ! s'écria l'une des femmes.

Elle venait de ramener de dessous le lit une douzaine de bouteilles de gin et de whisky. Vides.

— C'est pour cela qu'elle s'opposait à ce qu'on fasse son ménage. La vieille salope ne voulait pas qu'on sache qu'elle picole.

— C'est-y-pas malheureux, fit l'autre, d'une voix méprisante, de voir une comtesse pinter comme un ouvrier !

L'inspecteur Buckingham songea, avec une grimace inquiète, que c'était à cause des orgies du palais de Versailles qu'un roi de France avait perdu sa tête. En même temps que les bouteilles vides, le balai avait ramené un paquet de vieilles lettres. L'inspecteur en préleva une, la lut en diagonale et, après une hésitation, la fourra dans sa poche. Il repoussa le paquet de lettres sous le lit.

Un glapissement le fit tressaillir. Il se retourna. C'était la comtesse. Elle se tenait sur le pas de sa porte, le visage décomposé. C'était une femme entre deux âges, le visage exagérément fardé. Sa robe de dentelle noire à grand col de piqué blanc lui prêtait l'air d'une cartomancienne.

— J'ai dit et répété que j'exigeais qu'on ne fasse pas le ménage dans ma chambre ! hurla-t-elle.

— On sait maintenant pourquoi ! gouailla une des femmes de ménage en entassant les bouteilles vides dans un grand sac en plastique.

— Sortez, misérables !

Les deux femmes de ménage, traînant à grand bruit le sac de bouteilles, quittèrent enfin la chambre. Leurs éclats de rire remplirent longtemps les couloirs.

La comtesse agrafa l'inspecteur Buckingham par les revers de son veston.

— Et vous, que faites-vous ici ? Êtes-vous venu m'espionner ?

L'inspecteur recula d'un pas, offusqué. La comtesse le lâcha. La gravité du visage de l'inspecteur l'avait impressionnée.

— J'enquête sur une affaire délicate. Je ne peux vous en

dire l'objet. Mais il se trouve que vous pourriez y être impliquée indirectement.

— J'espère qu'il ne s'agit pas d'un crime ! s'écria la comtesse qui ne lisait, depuis qu'elle avait quitté l'école communale, que des romans policiers.

— Sait-on jamais ? fit l'inspecteur Buckingham, énigmatique.

— J'ai entendu parler du meurtre d'un valet à Balmoral, fit d'une voix détachée la comtesse. Est-ce en rapport avec votre enquête ?

— Il se pourrait. Le meilleur ami du défunt était, paraît-il, l'un de vos proches.

La comtesse releva la tête d'un air hautain.

— Cela m'étonnerait que je compte parmi mes proches l'ami d'un valet.

— Il s'agit d'un certain Bill Perth.

La comtesse partit d'un rire aigu.

— Le qualifier de proche serait bien présomptueux, monsieur l'inspecteur. Je dirais plutôt que c'était un de ces jeunes employés du palais que mon titre et ma prestance plongent dans une admiration bien naturelle.

L'inspecteur laissa passer quelques secondes pour bien marquer combien il respectait cette subtile rhétorique.

— On dit pourtant dans les couloirs du palais, madame, que ce garçon poussait l'admiration jusqu'à passer des nuits entières dans votre chambre, sans doute plongé, au pied de votre lit, dans une contemplation émerveillée.

Il n'avait nulle intention de ménager cette pimbêche, qui, il ne l'oubliait pas, n'était à l'origine que la fille d'un simple jardinier.

— Je m'étonne, inspecteur, fit la comtesse, glaciale, que vous prêtiez l'oreille aux ignobles ragots qui courent parmi le personnel subalterne.

L'inspecteur leva la main comme pour un serment.

— Je vous assure, madame, que je n'y attache aucune importance.

— Eh bien, c'est mieux comme cela !

— Cependant j'imagine, madame, qu'ayant si souvent sous les yeux cet admirateur, vous pourriez me fournir quelques renseignements sur son caractère.

La comtesse, que cette conversation semblait avoir troublée, arrangea, pour se donner une contenance, quelques bibelots sur sa coiffeuse.

— C'est un garçon très doux, très attachant, dit-elle enfin.

— Attachant, certes. Mais n'était-il pas surtout attaché à l'argent. On dit, enfin, on murmure au palais, que vous vous départissiez un peu pour lui de vos habitudes d'avarice.

La comtesse poussa un cri d'indignation.

— Encore ces ignobles ragots !

— Je crains d'être obligé de les noter. Bien que j'aie peine à les croire, se hâta d'ajouter l'inspecteur.

La comtesse se gratta le nez d'une façon que l'inspecteur jugea fort peu noble.

— Vous m'embarrassez, inspecteur. Je ne peux nier avoir fait à ce garçon, dont l'admiration me touchait, quelques petits cadeaux insignifiants. Des bagues, des gourmettes...

— En or ?

— Je ne sais pas trop.

— Et encore ?

— Des boutons de manchettes.

— En saphir ou en diamant ?

— Comment voulez-vous, inspecteur, que je me souvienne de ces détails ?

— Ces cadeaux ont dû singulièrement renforcer l'admiration que ce garçon vous portait.

— C'était un homme du peuple. Il est certain que ces gens-là sont facilement éblouis.

L'inspecteur Buckingham jugea ces propos indécents dans la bouche d'une personne qui venait du commun.

— Était-ce un garçon honnête ? demanda-t-il, persuadé, pourtant, par-devers lui, qu'un garçon qui acceptait des cadeaux d'une femme ne pouvait être tout à fait net.

— D'une très grande honnêteté comme on en rencontre parfois chez les gens simples.

— Vous ne pensez pas qu'il aurait pu être compromis dans un vol avec son ami Dick Stevers ?

— Cette supposition est parfaitement choquante. Bill Perth n'aurait pas trempé dans une affaire louche.

— On parle pourtant au palais d'une affaire de vol de soup...

L'inspecteur s'arrêta au milieu du mot comme si sa langue était paralysée. Il fixait, l'œil écarquillé, un récipient d'argent, posé sur la commode de la chambre. Un récipient qui avait la forme d'une grande soupière. Un détail bouleversa l'inspecteur : ses deux anses étaient formées de deux dauphins d'argent.

— Que contemplez-vous ainsi avec ce regard égaré, s'étonna la comtesse.

— Ce récipient d'argent sur votre commode. Il ressemble très exactement à une pièce d'argenterie qui a été volée à Sa Majesté.

— Volée, cette soupière ! Vous plaisantez ! C'est la reine elle-même qui m'en a fait don pour orner ma chambre.

— Mais ces anses en forme de dauphin comme celles de la soupière volée ?

La comtesse prit un air supérieur.

— Vous seriez étonné, inspecteur, si vous étiez plus familier avec les beaux objets, du nombre de soupières ou de plats auxquels les orfèvres ont donné pour anses des poissons ou des dauphins.

L'inspecteur était trop troublé pour objecter à cet argument. Il aurait fallu, pour avoir le cœur net sur la provenance de cet objet, demander à la reine si elle l'avait vraiment offert à la comtesse. Il n'en était évidemment pas question.

CHAPITRE VIII

En regagnant son bureau au premier étage, l'inspecteur Buckingham faillit rater une marche de l'escalier tant il était préoccupé. Il se rattrapa de justesse à la rampe. Mais tout en perdant l'équilibre, il n'avait pas perdu le fil de ses pensées.

Que faisait cette soupière — si c'était bien la soupière volée, et l'inspecteur n'en doutait guère — dans la chambre de la comtesse ? Celui qui l'avait dérobée n'avait-il pour dessein que de compléter la décoration du logis de la Maîtresse de la Garde-robe ?

Un seul moyen de savoir si c'était bien la soupière volée : faire vérifier par un expert si elle portait le poinçon de l'orfèvre Paul de Lamerie. Mais sous quel prétexte faire entrer un expert en argenterie dans la chambre de la comtesse ?

L'inspecteur Buckingham remit à plus tard la solution de ce problème, escomptant que le Maître de la Maison royale lui viendrait en aide. Il possédait la liste des fournisseurs de l'argenterie royale qui pourraient mettre à sa disposition un de leurs experts. Pour pénétrer dans la chambre de la comtesse, il suffirait d'emprunter le passe d'une femme de ménage pendant qu'elle était de service auprès de la reine. Tout cela demanderait de la précision et du doigté.

S'il n'y avait pas eu un meurtre à l'origine de cette enquête, l'inspecteur Buckingham aurait souri des mesquins calculs auxquels elle l'entraînait.

Une imposante pile de courrier l'attendait sur son bureau. Il parcourut rapidement les notes du service intérieur qui roulaient surtout sur les horaires de la cantine, les comptes rendus des réunions du syndicat du personnel et les offres d'achat à prix réduit des vieilles décorations de Noël de la salle de bal. C'était bien les seules choses que la reine abandonnât à son personnel. Et encore les soldait-elle ! En principe, la famille royale, par une incroyable pingrerie, gardait tout. La reine conservait jalousement ses vieilles robes dans d'interminables armoires et ne donnait jamais rien. Des malles entières de vieux uniformes de son père, le roi George VI, dormaient dans les greniers. Les femmes de chambre devaient rapetasser le linge de table usé qui datait parfois du siècle précédent. La reine poussait l'économie jusqu'à éteindre l'électricité dans les pièces qu'elle quittait. L'inspecteur l'avait souvent vu le faire à Balmoral où elle avait l'œil aux économies car ce château était sa propriété personnelle, contrairement à Buckingham qui était possession de l'État. À Buckingham elle n'éteignait pas les lumières derrière elle, et le palais était bien chauffé, au rebours de Balmoral où l'on mourait de froid.

L'inspecteur Buckingham, loin de critiquer cette conduite, y voyait de la grandeur. La reine, par son économie rigoureuse, donnait au royaume, qui en avait bien besoin, une leçon d'ordre et de bonne gestion. Comme disait Disraeli : « C'est par les petits gestes qu'on fait les grands empires. »

Le courrier contenait l'habituel lot de lettres d'illuminés qui dénonçaient des complots imaginaires contre la reine. L'une d'elles avertissait le service de sécurité que le couloir des caves qui conduisait à la ligne de métro Piccadilly Line était miné ! Ce couloir avait été construit pendant la guerre pour permettre à la famille royale de s'échapper du palais si elle avait été bloquée dans les caves par sa destruction sous les bombes.

L'inspecteur Buckingham songea que si ce malheureux roi de France, Louis XVI, avait pris la précaution de faire relier son palais des Tuileries avec le métro parisien, il aurait pu facilement se soustraire à la foule furieuse des républicains.

Mais ces Français étaient trop légers pour prendre ces élémentaires précautions.

L'inspecteur Buckingham parcourait rapidement d'autres lettres de demi-fous signalant la présence de dangereux terroristes dans les alentours du palais sous forme de prédicateurs ou de montreurs de singes, lorsqu'il tomba sur une missive plus digne d'attention. Elle était signée d'un certain Arnold Tornbee qui se disait pharmacien à Plymouth. Il avait été surpris par une bizarre anomalie au cours de sa visite de la Grande Galerie de peinture de la reine, le 15 août précédent :

« Dans cette galerie, expliquait l'auteur de la lettre, était disposée une vitrine présentant les cadeaux les plus récents offerts à la reine par des souverains étrangers. J'avais été très attiré par cette exposition exceptionnelle dont les journaux populaires avaient donné la description. On pouvait contempler dans cette vitrine, la broche en diamant et le collier d'opale et de diamant que la reine avait reçus au cours d'un voyage en Australie, le bracelet d'aigue-marine et de diamant que lui avait offert le gouvernement brésilien ; la broche ornée de trois cents diamants, don d'un potentat africain et le poignard incrusté de diamants, de rubis et de saphirs déposé à ses pieds par un maharadjah. Le clou de l'exposition était une émeraude de quatre cents carats que lui avait offerte pour son jubilé le sultan d'Oman. Lorsque je me penchai sur cette vitrine, j'admirai plus particulièrement cette pierre unique. La sonnerie annonçant aux visiteurs qu'il fallait évacuer la Galerie qui allait fermer dans vingt minutes me tira de ma contemplation. Je m'éloignai en hâte pour jeter un dernier coup d'œil sur les portraits de Gainsborough, mon peintre favori. Repassant devant la vitrine en direction de la sortie, je constatai à ma stupeur que l'émeraude avait disparu ! Je fus si troublé que je ne songeai pas à aviser le vieux gardien de la Galerie. Je m'arrêtai un instant devant une admirable vue de Venise par Canaletto. La sonnerie retentissait toujours, le gardien me faisait signe de sortir. Je prolongeai ma station. Après tout, la Galerie ne fermerait que dans un quart d'heure. Je n'allais pas me laisser tyranniser par ce cerbère, comme tant de moutonniers visiteurs. J'allai donc jeter un coup d'œil à l'autre bout de la galerie sur le célèbre tableau de Rubens, *la Ferme de Lacken*, puis sur *le Massacre des innocents*, de Bruegel. Le vieux gardien m'emboîta aussitôt le pas : "Il faut partir, monsieur, on ferme !" "J'ai encore cinq minutes !" rétorquai-je à l'abusif fonctionnaire. J'étais dans mon droit. J'estime qu'il faut tenir en respect ces employés syndiqués qui veulent en faire le moins possible et inventent des règles à leur usage. Quand je jugeai que j'avais fait suffisamment enrager le gardien, je me dirigeai enfin vers la sortie. Il s'était écoulé presque vingt minutes depuis que la sonnerie avait été déclenchée. Repassant une dernière fois devant la vitrine des cadeaux reçus par la reine, je constatai avec une stupeur renouvelée, que l'émeraude était revenue ! Avais-je eu la berlue lorsque j'avais vingt minutes plus tôt constaté sa disparition ? Je suis convaincu que non. La pharmacie m'a habitué à la précision, à l'exactitude. La berlue est incompatible avec l'exercice de ma profession. L'idée m'a alors traversé l'esprit que, dans ce court intervalle d'un peu plus d'un quart d'heure, quelqu'un avait pu procéder à une substitution. Quoi qu'il en soit, je crois de mon devoir de signaler aux services de sécurité de la reine cet étrange incident. »

L'inspecteur Buckingham fut d'abord tenté de classer cette lettre dans la grande armoire contenant les missives de fous ou d'illuminés. Un détail l'arrêta. Le pharmacien n'écrivait-il pas qu'il avait constaté la mystérieuse éclipse de l'émeraude au cours de sa visite du 15 août précédent à la Galerie de peinture ? Or, c'était précisément ce jour-là qu'avait disparu la soupière d'argent !

L'inspecteur Buckingham ne croyait pas aux coïncidences...

⁂

— Pourquoi donc voulez-vous la clef de cette vitrine ? s'insurgea la comtesse de Gammersfield, assise dans un grand fauteuil placé entre deux coffres-forts.

En tant que Maîtresse de la Garde-robe de la reine, elle partageait le bureau du Gardien des Bijoux de la reine.

— Je voudrais constater quelque chose, répondit sobrement l'inspecteur Buckingham.

— Constater quoi ?

— Je ne peux malheureusement vous le révéler.

L'inspecteur cambra le torse.

— Service de la reine ! lança-t-il sèchement.

La comtesse prit une expression contrariée.

— C'est mon collègue qui a la clef de cette vitrine. Il n'est plus de service à cette heure-ci. Il est rentré chez lui dans son hôtel particulier de Chelsea. Je ne peux me permettre de le déranger.

— J'imagine que vous devez savoir où sont ses clefs de service. On m'a dit qu'en son absence, vous étiez habilitée à sortir les bijoux de la reine de leurs coffres. Vous devez donc savoir où le Gardien des Bijoux dépose les clefs des coffres des objets précieux.

L'expression de contrariété s'aggrava sur le visage de la comtesse.

— Je sais en effet où sont les clefs des coffres des bijoux de la reine, mais je ne sais pas où est la clef de cette vitrine.

L'inspecteur bluffa avec audace.

— Si ! Vous le savez. Cette clef est forcément avec les autres. Voulez-vous que je téléphone au Gardien des Bijoux de la reine ?

La comtesse capitula.

— Oui, je sais où est cette clef, mais je peux la confier à personne !

— Service de la reine ! fit l'inspecteur avec sévérité. Vous devez me remettre cette clef. J'accepte cependant que vous soyez témoin de l'ouverture de la vitrine.

La comtesse hésitait encore.

— Si vous continuez de faire obstruction à mon enquête, je serai obligé de le consigner dans mon rapport, gronda l'inspecteur Buckingham.

Cette menace eut l'air d'effrayer la comtesse. Elle se précipita sur un petit meuble de bois de rose, ouvrit un tiroir et en sortit un trousseau de clefs.

— Allons-y, dit-elle, d'une voix résignée, mais qui parut à l'inspecteur trembler un peu.

De rage d'avoir dû céder ?

⁂

Le gardien avait rallumé les lustres de la Galerie de peinture. L'inspecteur Buckingham marcha jusqu'à la vitrine aux cadeaux, l'ouvrit avec la clef que lui tendait la comtesse et s'empara de l'émeraude. Il l'observa à la lumière d'un des lustres. Elle était parfaitement transparente, bien froide dans la main, d'un poids qui sembla normal à l'inspecteur. La lettre du pharmacien l'avait amené à suspecter que, dans le bref intervalle de vingt minutes entre ses deux passages devant la vitrine — le premier au cours duquel il avait constaté la disparition de la pierre, le second où elle avait réapparu —, un habile voleur avait pu remplacer la vraie émeraude par une copie.

L'inspecteur laissa l'émeraude tiédir dans sa main. Il crut remarquer que ce réchauffement s'accomplissait anormalement vite. C'était le cas pour ces copies de pierres précieuses, réalisées en résines dures, parfaitement denses et transparentes comme les originaux, mais qui avaient la particularité de transmettre beaucoup plus vite la chaleur. L'inspecteur avait appris ces choses quand il était à la section de Scotland Yard chargée des escroqueries à l'assurance.

L'inspecteur Buckingham tira discrètement de sa poche son briquet à gaz, et gratta de sa molette la surface de l'émeraude. Il remit le briquet dans sa poche et examina à nouveau la pierre. Une fine rayure traversait l'une de ses facettes. L'inspecteur jugea qu'il avait probablement la preuve qu'il avait affaire à une copie.

— Vous voudrez bien, demain matin, dit-il à la comtesse, prévenir le Gardien des Bijoux qu'un expert de chez Harry Winston viendra examiner cette pierre. Qu'il veuille bien, en conséquence, se tenir à sa disposition pour ouvrir cette vitrine.

CHAPITRE IX

L'énormité de sa démarche n'échappait pas à l'inspecteur Buckingham. Demander à l'un des plus importants joailliers de Londres, fournisseur attitré du palais, de venir vérifier si l'un des joyaux exposés par la reine dans sa propre galerie n'était pas un faux ! Un véritable sacrilège. De quoi faire perdre, si cette démarche était connue, son titre de fournisseur de la reine à cette célèbre maison. On le perdait facilement. Cartier lui-même en avait été privé pour n'avoir rien vendu à la famille royale pendant trois ans, ce qui laissait supposer qu'aucun de ses bijoux n'avait plu.

— Une expertise au palais ! D'une émeraude de la collection royale ! Vous voulez plaisanter, inspecteur ! s'était écrié Laurence Krashes, l'expert de Harry Winston. Nous ne pouvons nous prêter à une opération aussi indécente.

L'inspecteur Buckingham avait dû se rabattre sur un bijoutier moins connu, Paul Longmire, fournisseur discret de bijoux de la reine Élisabeth et de la reine mère, qui accepta de déplacer un de ses experts à condition que ce fût dans la plus grande discrétion.

L'inspecteur fut obligé de mettre dans la confidence le Gardien des Bijoux de la reine, un vieux gentleman que l'aventure eut plutôt l'air d'amuser.

— Une substitution d'un faux à l'original ! s'était-il écrié. Voilà qui serait divertissant. Peut-être serait-ce une des fameuses blagues du prince Andrew !

Le palais bruissait de rumeurs à propos des dernières fantaisies de la jeune altesse. On racontait qu'au cours d'un dîner de « copains » que la reine l'avait autorisé à donner dans l'une des salles à manger officielles, ses invités et lui s'étaient battus à coups de pâtés en croûte et d'ailes de poulet sauce suprême. Puis ils avaient cassé tous les verres contre les murs, à la russe.

— Le prince serait bien capable d'avoir joué ce tour à sa mère, marmonna le vieux gentleman.

Un fric-frac, en quelque sorte. Par un prince royal ! L'inspecteur avait du mal à l'imaginer. Même s'il ne s'agissait que d'une niche. Et pourquoi le prince Andrew aurait-il procédé à cette substitution si elle devait rester ignorée ?

— Je crains, dit le Gardien des Bijoux de la reine que cette pittoresque hypothèse ne puisse être retenue. Je suis le seul à savoir où se trouve la clef de cette vitrine.

— Avec la Maîtresse de la Garde-robe de la reine, fit observer l'inspecteur.

— C'est exact. Mais vous ne suspectez pas, j'imagine, cette noble dame d'avoir voulu faire une blague à notre auguste souveraine !

— L'idée ne m'en viendrait pas un instant ! se hâta de protester l'inspecteur Buckingham.

Il était allé chercher lui-même l'expert au magasin de Paul Longmire, 12 Bury Street, dans une des Rover du « Royal Protection Group ».

— Ce serait donc la seconde fois, avait fait observer l'expert, en se carrant dans les coussins de la confortable limousine, qu'un fâcheux incident se produirait à propos des bijoux de la reine. Il y a dix ans, un sachet contenant plusieurs pierres précieuses a disparu d'un des deux coffrets en acajou, doublés de satin, où sont enfermés les joyaux de la reine. Vous n'étiez pas encore au service du palais à cette époque, inspecteur, mais je peux vous dire que ce fut un sacré remue-ménage. Tout le monde fut suspecté. On interrogea tous les fournisseurs du palais pour s'assurer que les pierres n'avaient pas été confiées à l'un d'eux pour nettoyage. Le Gardien des Bijoux de la reine fut sur la sellette. Scotland Yard fut enfin sollicité pour envoyer plusieurs de ses enquêteurs, ce qui est tout à fait exceptionnel. En principe, rien ne doit filtrer hors de Buckingham de ce genre d'incidents. On ne retrouva jamais ni le coupable, ni le sac de pierres précieuses. Il y en avait pour plus de dix millions de dollars d'aujourd'hui.

L'expert avait ajouté avec un sourire gourmand.

— Tiens ! Comme c'est curieux ! C'est à peu près la valeur de cette émeraude !

⁂

L'expert avait pris dans sa main l'émeraude et la mirait à la lumière d'un lustre. Plusieurs visiteurs de la Galerie, étonnés, s'étaient amassés autour d'eux.

— Circulez, il n'y a rien à voir, grommelait le Gardien des Bijoux de la reine, qui avait accompagné l'expert et l'inspecteur.

Mais les curieux s'obstinaient à rester là.

— Ça doit être un expert, dit un des visiteurs.

— Pourquoi expertise-t-il cette émeraude ? demanda la femme qui l'accompagnait.

— Parce que la reine veut la vendre, pardi !

— Oh ! s'écria la femme, choquée, crois-tu que la reine irait vendre un cadeau que lui a envoyé un souverain étranger ?

— Ben oui. Elle a besoin d'argent avec toutes ces pensions de divorce à payer à Sarah, à Diana, à Mark.

Ces propos populaires blessaient le cœur de l'inspecteur Buckingham. Dans quel discrédit la monarchie n'était-elle pas tombée par la mauvaise conduite des princes et princesses royaux !

Il fut tiré de sa morose rêverie par la voix de l'expert.

— Mais cette émeraude m'a l'air tout à fait authentique !

Il s'était tourné vers l'inspecteur Buckingham et lui jetait un regard irrité.

— Cette plaisanterie ne m'amuse pas, inspecteur !

— Excusez-moi, monsieur, mais pourriez-vous vérifier si une des facettes de cette pierre n'est pas légèrement rayée ?

— Je ne remarque rien de semblable. Pourquoi me demandez-vous cela ?

— Hier, lorsque j'ai examiné cette pierre, elle m'a paru équivoque. Elle se réchauffait bien vite dans ma main comme le font ces faux que l'on fabrique maintenant en résine. J'ai donné un léger coup de la molette de mon briquet à gaz sur une des facettes de l'objet. J'ai bien remarqué que je lui avais fait une petite rayure.

L'expert prit un air excédé.

— Il n'y a pas la moindre rayure sur cette pierre. Il serait d'ailleurs impossible de la rayer avec du métal !

L'expert en même temps grattait l'émeraude avec la clef de la vitrine.

— Voyez vous-même !

— Vous voulez dire que c'est une authentique émeraude.

— Bien entendu. Observez, par transparence, ces légers crapauds qu'on aperçoit dans sa masse. Un faux ne saurait les imiter.

L'expert reposa l'émeraude dans la vitrine, qu'il referma d'un coup sec.

Puis il tendit dédaigneusement la clef au Gardien des Bijoux de la reine.

— Je n'apprécie guère d'être dérangé pour une plaisanterie, bougonna-t-il.

— Je n'y suis pour rien, s'écria le vieux gentleman, déconfit.

Il se tourna vers l'inspecteur Buckingham.

— Je regrette de devoir vous dire, inspecteur, que je n'apprécie guère moi-même cette mascarade. Je me demande ce que pensent tous ces visiteurs qui nous observent.

L'expert les coupa avec une sécheresse presque offensante.

— Je me verrai obligé d'envoyer au palais une note de frais importante. Je dois y inclure, en effet, le préjudice moral.

L'inspecteur Buckingham s'affola en imaginant les questions que le chef du « Royal Protection Group » ne manquerait pas de lui poser à la réception de cette facture.

— Envoyez-la à mon nom, lança-t-il précipitamment.

Il était juste qu'il payât de sa poche l'erreur qu'il avait commise.

Erreur ? Était-ce bien sûr ? L'inspecteur Buckingham se souvenait nettement d'avoir observé une rayure sur la pierre qu'il avait frottée de la molette de son briquet.

CHAPITRE X

L'inspecteur Buckingham avait fort mal dormi cette nuit-là. Il s'était même réveillé en sursaut en criant : « C'est un faux ! », effrayant l'excellente Mrs Smith avec qui il faisait, bien entendu, lit commun (il avait appris, non sans chagrin, que ce n'était pas le cas de la reine et du prince Philip).

— Tu as trop de soucis ! Tu fais des cauchemars, mon pauvre ami ! s'était exclamé son épouse.

— Hélas, avait soupiré l'inspecteur, je me fais beaucoup de souci avec les affaires dont je m'occupe au palais.

Il respectait son principe de ne rien confier à Mrs Smith des secrets du service. Aussi bien n'insistait-elle jamais pour les connaître.

— Ça ne m'étonne pas, avait-elle murmuré, rien ne peut s'y passer de très régulier avec tous ces princes et princesses qui épousent des roturiers.

Elle se retourna sur les oreillers et souffla à l'oreille de son mari.

— Dors et n'y pense plus. Tu y verras plus clair demain.

Mais le matin suivant, dans son bureau encombré de paperasses, l'inspecteur Buckingham n'y voyait pas plus clair.

Comment cette émeraude avait-elle pu être fausse quand il l'avait examinée, puis vraie quand l'expert l'avait expertisée ? Y avait-il eu entre-temps substitution ? Et qui y avait procédé ? Et pourquoi ? Ces mystères étaient-ils en rapport avec le vol de la soupière ? S'il y avait eu substitution, elle s'était en effet produite le même jour. Et les deux valets étaient-ils mêlés à cet imbroglio de bijoux et d'argenterie ?

Les coïncidences étaient trop frappantes pour n'être pas retenues. Les notes du petit carnet écossais s'accumulaient. Accompagnées, hélas, de beaucoup de points d'interrogation.

L'inspecteur avait demandé au vieux gardien de la Galerie s'il n'avait pas remarqué de présence insolite ce soir du 15 août au moment de la fermeture.

— Je me souviens très bien de cette date, avait répondu le vieux gardien. J'avais fort à faire alors, car les deux détectives chargés de la protection de la Galerie avaient été réquisitionnés par le Maître de la Maison royale pour perquisitionner le château à la recherche de cette foutue soupière. Je n'ai rien remarqué de particulier, sinon l'obstination d'un provincial qui prétendait rester à contempler les tableaux jusqu'à l'heure précise de la fermeture.

— Êtes-vous le seul gardien de la Galerie ?

— En principe non. Nous sommes trois. Mais ce soir-là mes deux confrères avaient été mobilisés pour transporter un énorme Rubens dans les réserves du palais pour être restauré.

— Qui les avait réquisitionnés ?

— Le service de décoration du palais, j'imagine.

Bref, les circonstances avaient empêché le vieux gardien resté seul d'exercer pleinement sa vigilance sur les visiteurs de la Galerie, ce qui avait facilité la tâche du voleur de l'émeraude. Mais quel vol, à propos, puisqu'il était incontestable que l'émeraude était *redevenue* vraie ?

Un instant, l'inspecteur Buckingham avait imaginé que les deux affaires de l'émeraude et de la soupière étaient liées, qu'elles lui fournissaient ensemble un fil conducteur qui le mènerait à l'assassin. Hélas, en déclarant que l'émeraude de la vitrine était bien la pierre authentique, l'expert en bijoux avait détruit sa belle construction !

Il fallait en revenir à des hypothèses que l'inspecteur avait jugées au départ peu vraisemblables. La soupière aurait pu être volée par les deux valets qui se seraient ensuite disputés sa propriété. D'où le meurtre. Dick Stevers n'aurait-il pas pu aussi être assassiné par le chef cuisinier qu'il avait surpris en train de dérober des bouteilles des caves royales ? Rocambolesque, mais il ne fallait écarter aucune hypothèse. Ou encore pouvait-il avoir été trucidé par un de ces vagabonds comme il en pénétrait, malgré les surveillances, dans les parcs royaux. La semaine dernière, une bande de motards déguisés en Anges de la Mort n'avaient-ils pas été arrêtés au milieu des pelouses de Sandringham ?

C'est donc en plein désarroi que Phil Gail, l'attaché de presse, trouva l'inspecteur Buckingham lorsqu'il le convoqua, dans son bureau, pour qu'il lui résumât son enquête. L'inspecteur avec sa loyauté coutumière ne lui cacha pas qu'il se trouvait dans une impasse. Certes, il avait pensé un moment qu'une affaire de bijoux pouvait être en relation avec le meurtre. Mais cette piste s'était révélée illusoire (encore que l'inspecteur ne pût s'expliquer pourquoi il avait cru dans un premier temps avoir rayé l'émeraude).

Restait évidemment l'affaire de la soupière volée.

— Quelle soupière volée ? l'interrompit l'attaché de presse.

— Il s'agit de cette pièce d'argenterie qui avait disparu des resserres du palais après le banquet du 15 août.

— On avait cru en effet, à l'époque, que cette soupière ancienne avait été volée. C'est une pièce rare et de grande valeur. Mais on se trompait.

— Elle n'avait pas de valeur !

— Si ! Mais elle n'a pas été volée. Figurez-vous, inspecteur, qu'on vient de la retrouver dans son sac de toile protecteur, au fond d'une armoire.

— C'est invraisemblable ! Rappelez-vous, à l'époque, tout le personnel fut mobilisé pour fouiller le château. La soupière avait bel et bien disparu !

— Ne vous entêtez pas, inspecteur. On vient de la retrouver. On aura mal cherché à ce moment-là.

Phil Gail soupira.

— C'est une bien mauvaise note pour l'adjoint de la Maison royale chargé de l'argenterie. Tout le service du palais a été désorganisé à cause de lui pendant un après-midi entier.

— Même les détectives de garde dans la Galerie de peinture ont été mobilisés pour ces recherches, enchaîna l'inspecteur Buckingham. On aurait pu voler un Rembrandt sans que personne s'en aperçût. Le vieux gardien était resté seul, car les deux autres gardiens avaient été par-dessus le marché réquisitionnés pour le transport de je ne sais quel tableau.

L'inspecteur se prit la tête à deux mains.

— C'est consternant, marmonna-t-il d'une voix angoissée. Avec le retour de cette soupière, ma dernière piste sérieuse s'efface

— Je vous rappelle, inspecteur, qu'il vous reste à peine dix jours pour mettre la main sur le meurtrier.

En sortant de cette éprouvante entrevue, l'inspecteur Buckingham appela la comtesse de Gammersfield par le téléphone intérieur.

— Avez-vous toujours sur votre commode, madame la Comtesse, cette soupière d'argent ?

— Quelle soupière ? Je ne vois pas de quoi vous voulez parler.

— Je veux parler de cette soupière d'argent ancienne que vous aurait donnée ou prêtée la reine pour orner votre chambre.

— Une soupière, dites-vous ? Vous m'étonnez. Il y a bien une sorte de vasque d'argent sur ma commode. Mais il ne me viendrait pas à l'idée de l'appeler soupière.

— N'a-t-elle pas des anses en forme de dauphin ?

— De dauphin ? Vous divaguez, inspecteur. Je crains que vous ne m'importuniez, savez-vous. Je vais être obligée de raccrocher.

Ce qu'elle fit.

L'inspecteur Buckingham était très malheureux.

CHAPITRE XI

Partant du principe qu'une enquête ne doit jamais être arrêtée, même quand elle paraît dans l'impasse, l'inspecteur Buckingham alla déjeuner à la cantine du personnel au premier étage. Il y rencontra, comme il l'espérait, Margaret Auburn, qui avait été la « bonne amie » du défunt valet. Il n'en espérait pas de révélations extraordinaires, mais il escomptait qu'un entretien à bâtons rompus autour d'une bonne bouteille pourrait le conduire sur une nouvelle voie.

La jeune vamp de l'office ne se fit pas prier.

— J'adore le bordeaux, proclama-t-elle, en s'installant à la table de l'inspecteur.

— J'espère que ce nectar achèvera de vous consoler de la perte cruelle que vous avez subie, dit l'inspecteur avec circonspection.

— Comme je vous l'ai déjà dit, inspecteur, je ne verse pas de larmes inutiles. Je dois faire ma vie. Comme dit Son Altesse Royale, Sarah, duchesse d'York : « Je veux être moi-même. »

— Vous êtes une femme énergique. Vous ne regrettez donc rien.

Margaret Auburn hocha la tête, soudain pensive.

— Certes, il m'aurait été agréable d'épouser Dick.

— Un simple valet ! Était-ce à la hauteur de vos ambitions ?

— Il m'avait fait miroiter la possibilité d'une fortune soudaine. Cela fait réfléchir une jeune fille qui désire s'élever.

— Un héritage ?

— Non. Une grosse affaire sur laquelle il prétendait avoir une part.

— Vous ne m'aviez pas parlé de cette proposition de mariage, au cours de notre premier entretien.

— J'étais en deuil. Je n'avais pas le cœur à évoquer des promesses de bonheur évanouies. Et cette fortune peut être imaginaire.

Elle but un grand verre de bordeaux et lâcha un petit rire.

— Bien sûr, il ne s'agissait pas de cette affaire de soupière volée qui semblait tant vous préoccuper, mais d'un gros coup. Vraiment gros.

— Honnête, j'espère ?

— Un gros coup qui réussit devient, par là même, honnête.

L'inspecteur Buckingham reconnut dans cette affirmation le cynisme de la jeune génération !

— Son ami Bill Perth devait-il tremper dans cette affaire ?

— Sans doute. Ils ne faisaient rien l'un sans l'autre. Mais je n'en sais pas plus, inspecteur.

La jeune personne semblait sincère. L'inspecteur n'insista pas et lui versa une nouvelle rasade de bordeaux.

— D'un autre côté, ajouta-t-elle, je n'étais pas tellement satisfaite de voir Dick frayer avec ce Bill Perth. Je n'aime pas ce garçon. Il n'est pas franc du collier. C'est un comédien.

L'inspecteur Buckingham se souvint des torrents de larmes que versait le valet dans le train du retour de Balmoral.

— C'est un grand sensible, fit-il observer.

— C'est surtout un grand truqueur. Vous vous souvenez de sa liaison avec la comtesse de Gammersfield ?

— Les rumeurs du palais m'en ont instruit. Et vous-même.

— Cette vieille folle ! Comment peut-il ! Pour moi, c'est un gigolo, comme je vous l'ai déjà dit.

— Peut-être est-il fasciné par le prestige de la noblesse.

— Tu parles, Charles. C'est surtout le prestige des cadeaux dont elle le couvre.

L'inspecteur Buckingham songea avec soulagement, en écoutant ces propos indignés, qu'il restait encore dans le peuple quelques principes moraux.

— Et puis, ajouta la jeune femme de chambre, ils s'enferment parfois tous les trois pour comploter je ne sais quoi.

— Tous les trois ?

— Ben oui ! La comtesse, Bill Perth et ce maudit décorateur irlandais Jonathan O'Sullivan. Je me suis toujours demandé quels trafics ils mijotaient.

— Vous n'aimez pas beaucoup les Irlandais...

— Cherchez un peu et vous trouverez toujours une bombe dans leur attaché-case.

⁂

L'inspecteur Buckingham, au sortir de cet instructif déjeuner, songea qu'il serait peut-être éclairant d'avoir un entretien avec Bill Perth sur ces nouvelles bases.

Il se rendit dans les bureaux du Maître de la Maison royale pour savoir à quel endroit du palais le valet était de service.

— C'est son jour de sortie, lui répondit-on.

— C'est bien ennuyeux. Je souhaitais le joindre aujourd'hui même.

— En ce cas vous n'avez qu'une ressource : vous rendre ce soir au *Camden Palace*, la boîte où il passe presque toutes ses soirées.

L'inspecteur Buckingham connaissait de réputation cette énorme discothèque où une jeunesse tapageuse dépensait son énergie. Il avait peu de goût pour ces endroits frelatés où, du temps de Scotland Yard, des filatures de mauvais garçons l'avait parfois entraîné. Il n'aurait jamais imaginé que le service de la reine l'aurait à nouveau conduit dans des lieux aussi douteux.

Par-dessus le marché, on devait renoncer à porter une cravate au *Camden Palace* sous peine d'être regardé avec méfiance. Il était aussi préférable d'y porter un blouson plutôt qu'un veston. L'inspecteur Buckingham en possédait heureusement un, bien patiné par ses parties de pêche dominicales.

⁂

— Une bouteille de chablis, commanda l'inspecteur Buckingham.

— Une demi-bouteille ? reprit le serveur, un sourcil levé.

— Non. J'ai dit une bouteille !

L'inspecteur Buckingham avait besoin d'un petit remontant après avoir essuyé les reproches de son épouse.

— Tu ne vas pas recommencer tes nuits de filature ! s'était-elle écriée. Tu ne me feras pas croire, John, que le service de la reine l'exige !

Elle avait pris un ton soupçonneux. Par manière de plaisanterie, bien sûr. Il ne lui serait pas venu à l'esprit que son mari ait pu avoir une double vie. Il ne lui avait pas donné prétexte à la moindre suspicion durant leurs quarante années de mariage. Cependant, elle avait espéré qu'en entrant au « Royal Protection Group » il vivrait une retraite paisible et honorable au cours de laquelle leurs soirées tranquilles autour du poste de télévision ne seraient plus massacrées.

— Hélas, avait répondu l'inspecteur, je ne peux me dispenser de cette sortie. Je suis obligé de battre le fer tant qu'il est chaud. Je dois absolument interroger un suspect dans l'affaire dont je m'occupe.

— Une affaire si grave que cela ? Si grave que tu doives gâcher notre soirée ?

Ce soir-là, était programmée à la BBC la fameuse émission *Live Show* au cours de laquelle des participants, de braves jeunes gens à la recherche d'une âme sœur, doivent questionner un partenaire possible sur ses conceptions de l'amour et du mariage. Le piquant de l'émission est que ce partenaire est caché derrière un paravent. Bien qu'ils eussent passé l'âge des amours juvéniles, l'inspecteur et Mrs. Smith adoraient ce show consacré aux incertitudes du cœur.

— Bien frais, surtout, le chablis, recommanda l'inspecteur Buckingham au serveur.

La recommandation n'était pas superflue. Le service était hésitant à la brasserie *Fluke's Cradle* où l'inspecteur était venu tuer le temps en attendant qu'il fût minuit, heure avant laquelle il eût été incongru de se présenter au *Camden Palace*. La brasserie était comble. La plupart des clients étaient des noctambules qui attendaient, comme lui, l'ouverture des boîtes. Quelques filles et garçons, déguisés en Hindous, commandaient des plats végétariens, spécialité de la maison.

— Y a-t-il quelque part un bal costumé ? demanda, intrigué, l'inspecteur Buckingham au serveur.

— En quelque sorte. Il y a une soirée hindoue au *Camden Palace*.

— Hindoue, vraiment ?

— Ils font une fois par semaine une nuit à thème. C'est une disco très *lively, you know*.

— Très *lively, I know*, fit sobrement l'inspecteur Buckingham.

Il commanda des sardines grillées pour accompagner son chablis.

— Et ensuite ? fit le serveur, crayon en l'air.

« Ce garçon a raison, songea l'inspecteur, je ne peux affronter une nuit de folie sans un solide viatique. »

— Vous me servirez vos fameuses côtelettes, découpées directement sur le carré d'agneau.

— Bien saignantes ?

— Terriblement saignantes !

L'inspecteur aperçut à ce moment-là, attablé non loin de lui, l'attaché de presse du palais de Buckingham. La tête ornée d'un turban, il lui fit un signe amical et lui lança :

— Quelle surprise, cher ami ! Vous proposez-vous donc aussi de vous rendre à cette soirée hindoue ?

Phil Gail avait l'air fort embarrassé. Sans doute, songea l'inspecteur, était-il mortifié d'être surpris dans des lieux populaires.

— Il m'arrive, dit Phil Gail, de faire une petite descente dans ces boîtes tapageuses. Ce n'est pas par goût mais par conscience professionnelle. J'écris, voyez-vous, un roman qui se déroule en partie dans les milieux frelatés...

— Je vois, fit l'inspecteur Buckingham.

Il était étonné que Phil Gail ne lui ait jamais parlé de ses travaux littéraires.

CHAPITRE XII

C'était la fumée qui gênait le plus l'inspecteur Buckingham. Les anciens brouillards de Londres n'étaient rien à côté des nuages de tabac blond à travers lesquels il se frayait un chemin vers la table qu'on lui avait attribuée en bordure de la piste au *Camden Palace*.

Le gorille de l'entrée lui avait demandé son nom.

— John Smith, avait répondu l'inspecteur.

Il était si habitué à ce qu'on l'appelât « inspecteur Buckingham » qu'il eut l'impression de donner un faux nom en énonçant son véritable patronyme.

— Avez-vous une référence plus précise à me donner ? avait demandé le gorille d'une voix acerbe.

— Je fais partie de la Maison royale du palais de Buckingham.

— Ce n'est pas exactement le genre de recommandations qui peut vous ouvrir nos portes. Nous ne recevons que des gens convenables.

— J'ai été arrêté il y a quelques mois pour détention de haschisch, se hâta d'ajouter l'inspecteur Buckingham.

— Dans ce cas, il ne me reste qu'à vous demander à quel endroit vous désirez être placé.

— En bord de piste.

— Très bien.

Le gorille aboya quelque chose en direction des serveurs.

L'inspecteur, venu en simple blouson et pantalon de flanelle, dut louer un turban à la dame du vestiaire.

— Votre blouson est marron, avait fait observer cette employée, je pense qu'il vous faudrait un turban assorti. Elle avait choisi une coiffure d'un vert électrique, aggravé par un plumet blanc fixé à l'aide d'un faux rubis.

— Ne craignez-vous pas que j'aie l'air d'un rajah tombé dans la débine ? objecta l'inspecteur.

— C'est tout à fait le genre de notre clientèle, ricana la dame du vestiaire.

L'inspecteur alla s'asseoir à sa table réservée. Il commanda un whisky. Tout en s'efforçant de protéger son verre contre les bousculades, il parcourait des yeux la foule des danseurs travestis en brahmanes ou en tireurs de pousse-pousse, à la recherche de Bill Perth. Entreprise malaisée car la discothèque n'était éclairée qu'en éclairs par les lasers multicolores. Il aperçut près du bar l'attaché de presse, seul aussi à une petite table. Il faillit l'inviter à se joindre à lui. Mais il y renonça en songeant que Phil Gail n'était pas venu pour s'amuser, mais pour observer les mœurs des classes inférieures.

Une fille déguisée en porteuse d'eau avec une petite cruche de cuivre sur l'épaule vint s'asseoir à côté de l'inspecteur. « Sans y avoir été invitée », nota-t-il, un peu choqué.

— Qu'est-ce que vous êtes, lui demanda-t-elle, un employé du gouvernement de Delhi ?

— Je n'ai pas cette prétention, fit l'inspecteur Buckingham, modeste. Je ne suis qu'un commerçant en curry.

Devant la moue de dédain de la porteuse d'eau, il ajouta aussitôt : « en gros ».

— Alors vous pouvez m'inviter à danser.

Tel était le jeu au cours de ces soirées à thème. L'inspecteur Buckingham ne pouvait se dispenser d'y participer. Il ne connaissait malheureusement pas les danses modernes et, craignant d'être ridicule, proposa à sa partenaire d'une voix négligente :

— Bien entendu, nous danserons à l'hindoue.

— Bien entendu ! s'écria la jeune femme qui ajouta d'une voix admirative : « Vous êtes un rigolo, vous ! ».

Ce que pouvaient bien contenir d'hindou les pas qu'imagina l'inspecteur Buckingham pour faire bonne contenance, il l'ignorait, mais ils eurent l'air d'enchanter la porteuse d'eau.

— Est-ce que je peux revenir à votre table ? demanda-t-elle avec empressement après de nouveaux et audacieux entrechats.

« Enfin elle me demande la permission ! » songea l'inspecteur. Il avait sans doute conquis son respect par son étonnante prestation chorégraphique.

— Je boirais bien du champagne, fit la jeune femme en s'asseyant. Elle avait ramené son voile sur la tête comme une vraie intouchable.

Du champagne ! La perspective de la dépense effraya un peu l'inspecteur. Si son enquête n'aboutissait pas rapidement, le palais ne lui rembourserait certainement pas ses frais. Il avait déjà pris à son compte la facture de l'expert en bijoux qu'il avait dérangé pour examiner l'émeraude du sultan d'Oman. À ce rythme, il allait sérieusement écorner la somme qu'il avait mise de côté pour acheter à Mrs. Smith le manteau de ses rêves : en rat d'Amérique avec col d'opossum.

La jeune porteuse d'eau vida avec une rapidité alarmante plusieurs coupes de champagne. L'inspecteur tenta de rentabiliser son investissement.

— Je cherche un de mes amis, Bill Perth, un habitué de cette boîte. Le connaissez-vous ?

— Un peu. Il vient très souvent en fin de semaine. Mais il n'offre pas beaucoup à boire.

— C'est un garçon aux moyens modestes... Mais un cœur d'or, se hâta d'ajouter l'inspecteur.

La fille le regarda en biais.

— Vous le trouverez sûrement au bar. Il en décolle rarement. Son cœur d'or doit être trop lourd.

Elle se pencha et souffla à l'oreille de l'inspecteur :

— Je ne suis pas sûre qu'il en ait. La semaine dernière, il en manquait.

— Qu'il ait de quoi ? demanda l'inspecteur en s'efforçant de prendre une voix détachée.

— De la coke, bien sûr. C'est son petit trafic de fin de semaine. Il est quelque chose au palais de Buckingham. Un important fonctionnaire, je crois. Il a accès à la valise diplomatique. Ce qui lui permet de recevoir de temps en temps un peu de poudre, de Bolivie ou de Colombie. Tous nos ambassadeurs trafiquent, vous savez !

— Je me refuse à le croire, protesta l'inspecteur, saint Georges ne le permettrait pas.

— Pour un marchand de curry en gros, vous êtes bien naïf !

L'inspecteur crut devoir continuer le jeu et sourit vaguement.

— Il me semble apercevoir votre Bill au bar, fit la porteuse d'eau. C'est le moment d'aller lui acheter votre dose pendant qu'il est encore à peu près à jeun. C'est le type avec un turban noir de fakir.

L'inspecteur Buckingham se leva, prêt à assumer courageusement sa nouvelle personnalité de drogué en manque.

— Pendant que vous ferez affaire avec votre fakir, lui lança la jeune femme, je vais commander une nouvelle bouteille de champagne et un seau à glace. Il faut toujours boire bien frais après avoir fait affaire.

— Tout bon marchand de curry sait cela, soupira l'inspecteur avec résignation.

⁂

Bill Perth était en effet assis au bar où l'inspecteur était allé le retrouver. Il faisait face à la salle, les jambes négligemment croisées et paraissait déjà, à en juger par ses yeux vitreux, largement éméché.

— Que me vaut le plaisir ? lâcha-t-il d'une voix incertaine.

— Voyez-vous, fit l'inspecteur à voix couverte, je suis légèrement en manque. Je me demandais si vous ne pourriez pas me dépanner.

Le valet eut un geste de recul.

— Je ne sais pas de quoi vous voulez parler, inspecteur !

— Laissons cela, on m'aura mal renseigné.

— Certainement. Je ne trempe pas dans ces trafics.

— Surtout avec un inspecteur du « Royal Protection Group », j'imagine.

— Si j'étais de ces gens-là, vous seriez certainement la dernière personne à laquelle j'avouerais que je me livre à une si ignoble activité.

L'inspecteur Buckingham sourit. Il était satisfait d'avoir déstabilisé ce jeune insolent.

— Si je suis venu jusqu'à vous, dit-il, c'est en effet dans un autre but. J'aimerais savoir quels sont vos rapports avec Jonathan O'Sullivan.

Le valet s'agita sur son siège.

— Ne me parlez pas de cet intrigant !

Il fondit brusquement en larmes. Son turban de fakir oscillait, lamentable.

— Vous êtes une vraie fontaine, fit remarquer l'inspecteur Buckingham.

— Ce maudit Irlandais me casse ma cabane.

— Votre cabane ?

— Vous connaissez mes liens avec la comtesse de Gammersfield. Cet O'Sullivan ne cesse de s'immiscer entre nous.

— Insinueriez-vous qu'il a des vues sur cette noble personne ?

Les larmes du valet redoublèrent.

— Qui suis-je, moi, humble valet, pour lutter dans son cœur contre un artiste de sa renommée ?

Un sanglot secoua Bill Perth.

— On dit pourtant au palais, insista l'inspecteur, que vous jouissez des faveurs de la comtesse.

— On le dit en effet, bredouilla le valet.

— Elle prétend cependant que vos rapports sont restés platoniques.

Bill Perth attrapa derrière lui son verre de whisky et le vida d'un trait.

— Voyez-vous, inspecteur, il ne serait pas courtois de ma part de prétendre le contraire. Mais personne ne me croirait.

— Je ne le croirais pas non plus.

— J'espère bien, fit le valet en se rengorgeant.

L'inspecteur remarqua qu'il ne pleurait plus. Ce garçon était vraiment très changeant.

— Vous ne craignez donc pas un rival, reprit l'inspecteur Buckingham, puisque vous êtes solidement installé dans la place.

Bill Perth hocha sombrement la tête.

— Cet Irlandais avance inexorablement ses pions.

— Vous avez l'avantage de la jeunesse et de la prestance.

— Il a celui de sa réputation mondaine.

— Je crois savoir pourtant que c'est un simple roturier irlandais.

— C'est justement pourquoi il est si ambitieux.

— Qu'ambitionne-t-il donc ?

Le valet se retourna brusquement vers le bar où il commanda un nouveau whisky.

— J'en ai trop dit, inspecteur. C'est la jalousie qui m'a fait parler. Oubliez cela.

Mais l'inspecteur Buckingham n'avait nulle intention de l'oublier.

CHAPITRE XIII

En regagnant sa table en bord de piste, l'inspecteur Buckingham se heurta à une maharané couverte de bijoux.

— Tiens donc, inspecteur, vous ici !

L'inspecteur Buckingham reconnut sous les fards violents de la maharané le visage de Jonathan O'Sullivan, le décorateur de la reine. Il avait passé au blanc d'Espagne sa petite moustache à la Hitler et redessiné en noir charbonneux ses sourcils grisonnants.

— Je suis ici pour le service ! se hâta de proclamer l'inspecteur Buckingham.

Il ne se souciait pas d'être confondu avec tous ces stupides fêtards. Avait-on idée de se déguiser en Hindou quand on avait la chance d'être un citoyen britannique !

— Ce turban vert mangue vous va à merveille ! s'exclama le décorateur.

L'inspecteur se souvint, à sa confusion, qu'on l'avait coiffé au vestiaire de ce ridicule accessoire.

— On m'a forcé à mettre ce machin, grommela-t-il.

— Ne vous excusez pas. C'est bien normal que vous ayez envie de vous amuser, comme tout le monde.

L'inspecteur Buckingham aurait volontiers fracassé une bouteille de champagne sur le visage enfariné de la maharané.

Il arriva juste à temps à sa table pour empêcher la jeune porteuse d'eau de commander la nouvelle bouteille de champagne.

— Je n'ai plus soif, dit-il.

— Vous m'étonnez, je pensais que le curry donnait soif.

— Je crois que vous êtes mal renseignée. Le curry coupe net la soif. D'où sa popularité dans les régions les plus sèches de l'Inde.

La jeune fille sourit, vaguement décontenancée. Puis elle reprit de l'aplomb et revint à la charge.

— C'est que j'ai soif, moi !

— Ça ne devrait pas vous poser de problème, rétorqua rudement l'inspecteur. Vous êtes une porteuse d'eau après tout.

Il ne savait plus comment se débarrasser de la jeune assoiffée lorsque retentit derrière eux la voix de Jonathan O'Sullivan.

— Allez, Margie, du balai ! Cesse d'importuner mon ami !

Ces paroles étaient sans doute miraculeuses, car la porteuse d'eau s'éclipsa aussitôt et se fondit, gracieuse, dans la foule, son pot en cuivre sur l'épaule.

— Je vous remercie, dit l'inspecteur, vous semblez jouir d'une grande autorité dans cet établissement.

— Je viens souvent ici. J'ai fini par connaître un peu le personnel.

— Cette sympathique porteuse d'eau ferait-elle partie du personnel ?

— Oui. D'une certaine façon. Vous savez que ce genre d'établissement rémunère à la commission quelques jeunes personnes qui s'emploient à faire boire les clients esseulés.

— Je crois savoir qu'on appelle ces intéressantes artistes des entraîneuses. Il est regrettable qu'un night-club de la classe du *Camden Palace* use de ces intermédiaires abusifs pour noyer sa clientèle dans le champagne.

— C'est ce que je répète au patron. La semaine dernière, cette Margie lui a attiré des ennuis. Un client d'un certain âge auquel elle avait fait boire quatre bouteilles de champagne a refusé de payer et a ameuté tout l'établissement.

— Quatre bouteilles !

— Bien sûr, le serveur les emportait à moitié pleines. Le client que Margie cajolait de très près ne s'en apercevait pas.

L'inspecteur Buckingham pensait que ces mœurs dignes du Paris frelaté de la Belle Époque n'avaient plus court. Il fit part de son étonnement au décorateur.

— Je ne pensais pas que ce genre d'endroit était fréquenté par de vieux célibataires naïfs !

La bouche fardée de Jonathan O'Sullivan esquissa un sourire ironique. L'inspecteur Buckingham se sentit rougir.

— Sauriez-vous, dit-il pour faire diversion, si cet endroit est fréquenté par des dealers ? Cette jeune porteuse d'eau me l'a affirmé. Elle me prenait, je ne sais pourquoi, pour un amateur.

— La coke est la drogue des gens distingués, fit le décorateur avec un sourire complice.

— Mais je vous assure que je ne suis pas un adepte de ces honteuses pratiques.

— Ah bon ! Mais pourquoi vous intéressez-vous à ce trafic ? Vos fonctions au palais ne vont pas, j'imagine, jusqu'à la poursuite des narcotrafiquants.

— Sauf si un membre du personnel de Buckingham occupe ses moments de loisir à poudricoter, si j'ose dire.

Jonathan O'Sullivan hocha gravement la tête.

— Je crois comprendre, inspecteur, que vous nourrissez des soupçons sur la conduite de Bill Perth.

— Vous ne vous trompez pas.

— Je n'ai cessé d'avertir ce garçon qu'il courait à sa perte en vendant de la drogue.

— Pourquoi n'écoute-t-il pas vos conseils ? Je crois que vous êtes très intimes tous les deux.

Le décorateur s'assit lourdement sur la chaise voisine et se versa le fond de la bouteille de champagne. Il paraissait d'une nervosité inattendue.

— Qui vous a dit que nous étions intimes ? Quelle est cette stupidité ?

— Mais il le dit lui-même. Vous êtes tous deux assidus auprès de la comtesse de Gammersfield.

Jonathan O'Sullivan releva la tête, hautain.

— Je ne me commets pas avec des valets. Ce Bill Perth est perclus d'une ridicule admiration pour la comtesse. Je m'en amuse comme elle.

L'inspecteur Buckingham pensa que le moment était venu de jeter un peu d'huile sur le feu.

— À entendre ce Bill Perth, susurra-t-il, vous seriez même tous les deux rivaux.

— Rivaux !

— Oui, rivaux dans le cœur de la comtesse.

Le décorateur s'était levé brusquement en ébranlant la table. La bouteille se renversa et lâcha ses dernières gouttes sur la moquette.

— Vous n'allez pas croire, inspecteur, que j'accepterais de livrer ce genre de compétition avec un vulgaire valet, trafiquant de cocaïne par-dessus le marché !

La « maharané » ayant lâché cette dernière salve s'éloigna, drapée dans ses voiles, ses bijoux cliquetant à chacun de ses pas.

L'inspecteur Buckingham ne savait trop qui croire. Et il pensait, avant tout, à ces accusations portées à la fois par l'entraîneuse et par le décorateur contre Bill Perth.

⁂

Le patron du *Camden Palace* accourut avec empressement dès que l'inspecteur eut manifesté, auprès d'un serveur, son désir d'avoir un court entretien avec lui.

— Que se passe-t-il, inspecteur ? Vous êtes en service ? Ou dois-je simplement vous compter parmi mes honorables clients ?

— J'ai pris ma retraite de Scotland Yard.

— Bien... Bon... fit, soulagé, le patron du *Camden Palace.*

— Cependant il m'arrive de me livrer à quelques petites enquêtes personnelles.

L'inspecteur jugeait qu'un patron de boîte de nuit n'avait nul besoin de savoir qu'il faisait partie du « Royal Protection Group ».

— Je vois, murmura le patron, vous améliorez votre retraite par de petits travaux du genre filature d'époux adultères.

— C'est exactement cela, s'empressa d'approuver l'inspecteur.

— Je serais heureux de vous être utile.

Même à la retraite, un ancien de Scotland Yard devait être ménagé. Il conservait sûrement des relations importantes.

— J'aurais juste besoin de savoir si vous n'êtes pas menacé d'un certain envahissement par les dealers.

Le patron du *Camden Palace* leva sa main où brillait une bague ornée d'un imposant diamant.

— Je jure, inspecteur, que pas un de ces salauds n'a franchi les portes de ma discothèque. J'ai mon propre service de renseignements. Tout mon personnel y collabore. Le moindre trafic serait décelé aussitôt. Vous pensez bien que je ne peux prendre le moindre risque.

L'inspecteur Buckingham était assez disposé à le croire. Il insista cependant.

— J'ai ouï dire qu'un de vos clients, un nommé Bill Perth, aurait proposé de la poudre à certains clients.

— Bill Perth ! C'est une blague, inspecteur. Ce garçon qui est un honorable employé de la Barclays Bank...

— ... de la Barclays Bank ?

— Oui. Il est fondé de pouvoir, m'a-t-il dit. Tout à fait le genre de client des plus convenables. Inimaginable qu'il puisse trafiquer de la drogue. Qui vous a fourgué ce ragot ?

— Une certaine Margie. Une de vos entraîneuses, m'a-t-on dit.

Le patron du *Camden Palace* se balança d'une jambe sur l'autre, embarrassé.

— Bien, c'est vrai, inspecteur, j'emploie cette jeune femme. Elle égaye les clients esseulés.

— C'est une fille charitable.

— Très charitable... Mais aussi une menteuse. Je me demande pourquoi elle répand ces absurdes bruits sur ce Bill Perth.

L'inspecteur Buckingham ne répondit pas. Pourquoi en effet ces ragots s'ils ne correspondaient à rien ?

— Un de vos clients, Jonathan O'Sullivan, semble pourtant, lui aussi, convaincu que Bill Perth fait du deal à ses moments perdus.

— Jonathan n'est pas très crédible, inspecteur, c'est une poubelle à potins.

Il se pencha à l'oreille de l'inspecteur.

— C'est une vraie fille à certains égards. Vous avez remarqué son déguisement ?

— Oui, une maharané.

— Vous ne vous êtes pas demandé pourquoi il ne s'était pas déguisé en maharadjah ?

— Ma foi...

— C'est que ce garçon adore se travestir. Il a toute une collection de costumes féminins qu'il m'a confiés et que je garde dans une armoire des communs. Il s'habille suivant les thèmes de la nuit, en squaw, en fille perdue de Katmandou, en marquise... Que sais-je ? Parfois il fait sur la piste de danse un numéro. Il connaît tout un répertoire de chansons.

— Ces goûts ne révèlent-ils pas des mœurs un peu spéciales ?

— Pas du tout. C'est un hétérosexuel des plus orthodoxes. À certains moments du moins...

L'inspecteur Buckingham secoua la tête.

— Je me suis laissé cependant dire que ce genre d'individus, quand ils faisaient la cour à une personne du beau sexe, revêtaient souvent des guêpières en dentelle noire.

— Personne n'est parfait !

L'inspecteur Buckingham songea que le vicomte Althorn, frère de la princesse Diana, était réputé grand amateur de filles, bien qu'il eût été vu, dans une boîte spéciale, harnaché de cuir et chargé de chaînes. L'Angleterre était un pays de contrastes.

— Je suis tout à fait certain que cet O'Sullivan n'est pas un inverti, reprit le patron. Miss Margie m'en a donné l'assurance. Et elle est bien placée pour le savoir.

— Dois-je comprendre qu'ils sont au mieux ?

— Ils sont au mieux, disons une ou deux fois par semaine. Notre jeune miss Margie est très charitable comme je vous l'ai déjà dit.

La musique s'était tue. Un silence assourdissant emplit la discothèque. Jonathan O'Sullivan s'avançait sur la piste de danse.

— Je vais vous interpréter quelque chose !

La salle, hilare, applaudit.

— Je vais vous chanter « I'm Gonna Wash That Man Right Out — a My Hair [1] » tiré de la célèbre comédie musicale *South Pacific.*

Tandis que le décorateur lançait de sa voix flûtée les notes de la célèbre chanson, Bill Perth, là-bas sur son tabouret, s'agitait avec de grands gestes indignés.

Lorsque la chanson s'acheva, on entendit s'élever la voix avinée du valet.

— Eh va donc, vieille pédale ! Coureur de dot ! Faussaire !

Sur un signe du patron du *Camden Palace*, deux serveurs robustes et décidés empoignèrent l'ivrogne par les bras, le traînèrent jusqu'à la porte de la discothèque et le déposèrent sur le trottoir.

— N'est-il pas curieux, dit l'inspecteur Buckingham au décorateur, que vous vous soyez déguisé en maharané pour chanter un air de *South Pacific* qui, si je m'en souviens bien, est une comédie musicale qui se déroule à Bali ?

O'Sullivan le regarda, interloqué.

— Qu'importe ! Tous ces pays sauvages se ressemblent. Excusez-moi, il faut que j'aille me changer. J'étouffe dans ces étoffes de soie.

L'inspecteur Buckingham chercha des yeux Phil Gail à ce moment. Mais il avait disparu. Sans doute avait-il fait son plein d'informations pittoresques sur les bas-fonds de Londres. Pour son prétendu roman.

1. Je vais me débarrasser en vitesse de ce type qui me tient la jambe.

CHAPITRE XIV

L'inspecteur Buckingham avait réglé rapidement son addition (sursautant lorsqu'il constata qu'une bouteille de mauvais champagne lui était comptée cinquante-cinq livres). Le patron du *Camden Palace* avait tenté de lui enlever la note : « Vous êtes mon invité ! » Mais l'inspecteur tint bon et paya. Il n'avait jamais accepté d'être entretenu par les patrons de boîte !

Il se hâta vers la porte. Il espérait rattraper Bill Perth. Dans l'état où devait être le valet, après sa peu honorable sortie, il serait peut-être mûr pour de nouvelles confidences. L'inspecteur voulait en savoir un peu plus sur ses rapports avec Jonathan O'Sullivan et la raison des injures qu'il lui avait lancées.

Le valet avait dû s'enfuir, honteux, car l'inspecteur ne l'aperçut pas dans Camden Hight Street. Il pensa qu'il avait descendu la rue pour gagner la station de métro de Mornington Crescent. Il avait sans doute l'intention de prendre la ligne de Morden et de changer à Euston pour descendre à Green Park, la station la plus proche du palais de Buckingham. L'inspecteur pensait bien le coincer dans le wagon et le tisonner un peu. Sur sa trace, il tourna à droite dans Crowndale Road. La station de métro était au carrefour suivant. L'inspecteur aperçut Bill Perth qui en sortait. Il se précipita dans sa direction. Lorsque le valet l'aperçut, il ricana.

— Inutile de courir, inspecteur, le métro est fermé.

L'inspecteur Buckingham consulta sa montre. Il était déjà plus d'une heure.

— Nous pourrions partager un taxi, proposa-t-il.

Bill Perth le repoussa brutalement.

— Cessez de me persécuter, hurla-t-il, et foutez le camp !

— Vous ne semblez pas en état, jeune homme, de regagner le palais par vos propres moyens, fit l'inspecteur d'une voix sévère.

Le valet tendit le poing dans sa direction et hurla encore : « Foutez le camp ! » Puis il prit ses jambes à son cou et dévala en titubant Hampstead Road, presque déserte à cette heure.

L'inspecteur Buckingham renonça à le poursuivre et le regarda trébucher d'un réverbère à l'autre. Il plaignait sincèrement le pauvre garçon. Il allait infailliblement se faire ramasser par une patrouille de police.

Bill Perth, qui venait de se heurter à une poubelle, vacilla et, déséquilibré, roula sur la chaussée. L'inspecteur, descendant du trottoir, se portait à son secours, lorsqu'il fut doublé par une Harley Davidson rugissante qui le renversa presque. La moto était pilotée par une fille à la chevelure blonde flottante, en blouson et short de cuir noir. Elle ne portait pas de casque. L'inspecteur eut le temps de s'étonner : « Un short par ce temps frisquet d'automne ! » Puis la moto arriva à la hauteur de Bill Perth qui se relevait péniblement. La fille ralentit, leva le bras et trois coups de feu claquèrent. Puis la moto redémarra en trombe et disparut vers le carrefour d'Euston Road.

L'inspecteur se précipita et tenta de relever le valet. Mais son corps pesait, inerte, dans ses bras. Il avait reçu une balle dans la nuque, une autre dans la poitrine et la troisième dans le ventre. Il ne parlerait plus jamais...

⁂

L'inspecteur Buckingham fut traversé par une des plus grandes tentations de sa vie : s'enfuir. L'avenue était déserte. Il lui serait facile de disparaître dans une des petites rues adjacentes que noyait le brouillard. Il faillit s'y décider, non par lâcheté, mais pour ne pas compromettre le « Royal Protection Group » dans ce qui paraissait bien être un meurtre crapuleux. Il ne put toutefois s'y résoudre. Son expérience lui avait appris qu'on laisse toujours des indices de sa présence, ne fut-ce que l'empreinte d'une semelle. S'il fuyait et que la police découvre qu'il avait assisté au meurtre et touché le cadavre, le scandale serait plus grand encore.

Cependant, l'inspecteur Buckingham reposa le corps sur la chaussée et se tint quelques pas en arrière dans la position d'un passant qui viendrait de le découvrir.

Une voiture de police s'approchait. Elle s'arrêta près du corps. Un policier descendit du véhicule.

— Un ivrogne ? lança-t-il à l'inspecteur Buckingham. C'est un de vos amis ?

— Je ne connais pas cet homme, dit l'inspecteur. Quant à son ivresse, je crains qu'elle ne soit si profonde qu'il ne se réveille jamais.

Le policier se pencha sur le corps et contempla la blessure à la nuque et le sang qui maculait la chemise.

— Ce type m'a l'air mort, dit-il.

— C'est ce que je voulais suggérer, dit l'inspecteur.

Le policier le regarda de bas en haut.

— Qu'est-ce que vous foutiez là ?

— Je passais par cette avenue. Je rentrais chez moi.

— Voyez-vous cela ! Vous passiez par là. Et comme cela, pan ! Vous tombez sur un cadavre. Levez les bras. Je vais être obligé de vous fouiller.

L'inspecteur Buckingham dut se résoudre à montrer sa carte du « Royal Protection Group ».

Le policier lui fit, respectueux, un vague salut militaire.

— Puis-je vous demander, inspecteur Smith, de me suivre au poste de police d'Euston pour y faire votre déposition ?

⁂

— Il est bien ennuyeux, dit l'attaché de presse du palais, qu'un sort fatal ait frappé à nouveau un serviteur royal.

— J'en suis consterné, murmura l'inspecteur Buckingham.

— Aucun de nous ne peut se sentir désormais en sécurité ! s'exclama Phil Gail.

— Je crains que vous n'exagériez, sir. Ce nouveau meurtre semble directement lié à une affaire de drogue qui s'est entièrement déroulée à l'extérieur du palais.

L'attaché de presse gardait sa mine soucieuse.

— Je regrette énormément que vous n'ayez pu, inspecteur, élucider le premier meurtre, celui de Dick Stevers, qui s'est déroulé à Balmoral. Je redoute que la police ne s'empare aussi de ce dossier.

— Je pense que vous devez écarter ce souci de votre esprit. Je reste en charge de cette enquête pour une semaine encore. D'autre part, je n'ai soufflé mot de ce premier meurtre dans ma déposition au poste de police d'Euston.

— Plaise à Dieu que ce second meurtre puisse s'expliquer par une simple affaire de drogue et qu'il n'existe aucun lien entre lui et le crime de Balmoral !

L'inspecteur acquiesça d'un énergique signe de tête, bien qu'il fût intimement persuadé du contraire.

⁂

Le superintendant Oxfield de Scotland Yard relut la déposition de l'inspecteur Buckingham.

— Cher ami, commenta-t-il, c'est vraiment une chance extraordinaire que vous vous soyez trouvé sur les lieux.

— Une chance extraordinaire, approuva l'inspecteur Buckingham.

— Et une coïncidence non moins extraordinaire que vous ayez passé la soirée au *Camden Palace* d'où sortait, justement, ce malheureux garçon.

— Je suis étonné moi-même de cette série de coïncidences.

Le superintendant lança à l'inspecteur un regard las.

— Bien entendu, cher ami, je ne me permettrais pas d'être trop indiscret. Je n'ai pas à m'immiscer dans les activités du « Royal Protection Group ».

— Je n'ai rien à cacher ! protesta l'inspecteur Buckingham.

— Je ne me permettrais pas, par exemple, de m'étonner que vous fréquentiez cette discothèque un peu... un peu, disons, agitée. Je crois me souvenir que vous n'aviez guère de goût pour ces endroits-là.

— On change... fit, évasif, l'inspecteur Buckingham.

Le superintendant alluma un cigare Dunhill et entreprit, l'air lointain, de dessiner des points d'interrogation avec la fumée.

— Il se pourrait aussi, murmura-t-il, que vous vous trouviez là en service.

— Où que je me trouve, dit l'inspecteur Buckingham d'une voix grave, je me considère toujours comme étant au service de Sa Majesté.

Le superintendant se leva, s'inclina, puis se rassit et dessina avec la fumée de son cigare une nouvelle série de points d'interrogation.

— Nous avons, bien entendu, poursuivit-il, enquêté à la discothèque sur les faits et gestes de ce Bill Perth ce soir-là. Vous vous seriez longuement entretenu avec lui au bar.

— Oh ! Ce ne fut qu'un bref entretien.

— J'ose à peine vous demander quel en était l'objet.

— Je prenais simplement de ses nouvelles. C'est un serviteur du palais. Je le rencontrais souvent dans les couloirs de Buckingham.

Le superintendant sourit aimablement.

— Notre enquête semble avoir démontré que ce Bill Perth était un revendeur de cocaïne, qui fournissait à l'occasion les clients de la boîte. Le patron du *Camden Palace* jure ses grands dieux que c'est faux, qu'il ne tolère pas chez lui ces trafics, qu'il s'en serait aussitôt aperçu. Mais les patrons des boîtes disent tous cela.

— En effet.

— Cependant, nous avons retenu des témoignages à charge contre Bill Perth. Une certaine Margie, une entraîneuse, affirme qu'il dealait de la coke. Et aussi un client habituel, Jonathan O'Sullivan. Toutefois, ils sont les seuls parmi le personnel et les clients à porter ces accusations.

— N'est-ce pas étrange ?

— Très étrange. Mais nous devons tenir compte de tous les indices. Il semble donc probable que ce Bill Perth ait été abattu par un complice ou un fournisseur. Les règlements de comptes sont fréquents dans les milieux de la drogue.

L'inspecteur Buckingham, qui avait instruit de nombreuses affaires de ce genre à Scotland Yard, approuva silencieusement de la tête.

— Je voulais convoquer ce matin cet O'Sullivan, ajouta le superintendant, mais son valet de chambre m'a répondu qu'il était absent jusqu'à demain. Il a une expertise de meubles à faire quelque part sur le Continent. Cela ne ressemble-t-il pas à une fuite ?

— Pourquoi fuirait-il ? Ces grands décorateurs voyagent beaucoup.

— Et n'aiment pas être mêlés à des affaires crapuleuses.

Le superintendant souligna ses propos d'un sourire entendu.

— Quant à la moto du tueur, une Harley Davidson, reprit le superintendant, nous avons une piste. Un des serveurs du *Camden Palace*, qui possède un engin de cette espèce, prétend qu'il lui a été dérobé la nuit du crime dans le parking de la boîte. Il pense que c'est un familier qui l'a fait, car seuls les gens du personnel savaient où il cachait sa clef de contact : dans un renfoncement sous la selle. La moto a été retrouvée ce matin, abandonnée près de Picadilly Circus.

— Ce serveur dit peut-être la vérité, fit observer l'inspecteur Buckingham.

— Nous sommes en train de le cuisiner. Peut-être a-t-il trempé dans le meurtre ?

L'inspecteur Buckingham et le superintendant se regardèrent avec gravité, puis ils s'exclamèrent en même temps :

— Mais qui était la fille blonde ?

CHAPITRE XV

L'inspecteur Buckingham était sorti de son entrevue à Scotland Yard avec le superintendant Oxfield, persuadé qu'il y avait un lien entre les meurtres des deux valets. Sans doute avaient-ils trempé tous les deux dans le même trafic de drogue. Il n'y avait pas si longtemps que le « Royal Protection Group » avait découvert qu'un des palefreniers des écuries de la reine fournissait du haschisch à quelques dévoyés du palais. La rumeur avait circulé qu'il avait même approvisionné quelques altesses (de roturière origine, s'empressa de se rassurer l'inspecteur Buckingham). Il n'était donc pas invraisemblable d'imaginer que des querelles se soient élevées entre Bill Perth et Dick Stevers au sujet des prix ou des quantités. Quand on trafique en marge de la loi, on est forcément malhonnête. Plus de dealers succombaient aux règlements de comptes du milieu que n'en arrêtait la police. On pouvait donc penser que, dans un premier temps, Bill Perth avait tué Dick Stevers parce qu'il ne lui avait pas versé l'argent de la drogue qu'il l'avait chargé de distribuer, ou parce qu'il avait prétendu avoir égaré les sachets, ruse qui ne marchait jamais entre truands.

Deux objections cependant :

1) Les valets, à la fin du pique-nique royal, étaient fort affairés à ranger la vaisselle sale. Auraient-ils pu s'éloigner *tous les deux*, sans être remarqués, jusqu'au buisson derrière lequel avait été commis le crime ?

2) La brochette qui avait transpercé le cœur de Dick Stevers ne portait pas les empreintes digitales de Bill Perth ni aucune autre empreinte. Il est vrai qu'il aurait pu l'essuyer après avoir commis le crime.

Pourquoi des morceaux de poulet, se demandait aussi l'inspecteur, étaient-ils encore enfilés sur la brochette meurtrière ? Le prince Philip avait fait griller lui-même toutes les brochettes, et avait distribué les dernières au personnel. C'est donc *avec la brochette qu'il avait reçue* que l'assassin avait tué le valet.

L'inspecteur avait conservé la brochette comme pièce à conviction dans un placard de son bureau, les morceaux de poulet encore attachés à son extrémité. Il retira la brochette du placard et l'examina encore une fois. Les morceaux de poulet étaient comme momifiés. L'inspecteur remarqua pour la première fois qu'aucune rondelle d'oignon n'avait été intercalée entre les morceaux de poulet, contrairement à l'usage. Ce détail lui avait échappé dans l'émotion des premières constatations. Il décrocha son téléphone et appela le chef cuisinier par la ligne intérieure.

— Savez-vous, lui demanda-t-il, si le valet Bill Perth préfère les brochettes au poulet ou les brochettes d'agneau ?

— Comment voulez-vous que je réponde à cette question ridicule, répondit plutôt cavalièrement le chef cuisinier, je ne me préoccupe pas des préférences de la valetaille.

— C'est ennuyeux.

— Pourquoi désirez-vous tant connaître les goûts gastronomiques de ce loufiat ?

— Je voulais déterminer si, au cours du pique-nique royal de Balmoral, il a reçu des mains du prince Philip une brochette au poulet ou à l'agneau, ou encore à la saucisse.

— Vous semblez suggérer que le prince Philip aurait pu se soucier des goûts de chaque membre du personnel avant de confectionner des brochettes à son intention. C'est une supposition tout à fait inconvenante.

L'inspecteur Buckingham toussota avec gêne dans l'appareil. Il se sentait presque coupable d'avoir offensé la dignité royale.

— J'ose à peine vous demander, ajouta-t-il d'une voix hésitante, si un des membres du personnel détestait les oignons. La brochette du meurtre n'en contenait pas.

Le rire gras du chef cuisinier éclata dans l'appareil.

— Vous dépassez les bornes, inspecteur, il serait monstrueux d'imaginer que le prince Philip se soit abaissé à tenir compte de ces détails sordides en distribuant ses brochettes au personnel subalterne.

L'inspecteur raccrocha, honteux d'avoir frôlé par ses propos le crime de lèse-majesté (qui était puni, il n'y avait pas si longtemps, de l'ablation de la langue).

⁂

Mais qui avait tué à son tour Bill Perth ? Sans doute son fournisseur de drogue qu'il n'avait pu payer à cause de la défaillance de Dick Stevers. Tous ces malfrats se faisaient réciproquement leur affaire, en chaîne en quelque sorte, comme les fameux dominos du Sud-Est asiatique.

Quant à la fille blonde, il était hélas vraisemblable qu'elle était une tueuse professionnelle. La décadence des mœurs avait conduit beaucoup de jeunes femmes à embrasser cette triste profession. On voyait même des femmes s'associer pour jouer en Bourse ! D'autres avaient remplacé dans les bars mal famés de Soho les anciens proxénètes et mettaient sur le trottoir filles et garçons, qu'elles « cornaquaient » avec une dureté sans pareille.

Sans doute la tueuse qui avait exécuté Bill Perth avait-elle des liens avec le serveur propriétaire de la moto. Il était difficile de croire, comme il le prétendait, qu'on la lui avait volée. On avait retrouvé la Harley Davidson près de Picadilly Circus. Grande merveille ! Car on ne récupérait jamais, d'habitude, les Harley Davidson volées, qui valaient une fortune sur le marché des maquilleurs et revendeurs.

L'inspecteur Buckingham se sentit désarmé. L'essentiel de l'enquête, celle qui remonterait aux assassins de Bill Perth, était entre les mains de Scotland Yard. Aboutirait-elle dans le délai d'une semaine qui lui restait pour élucider le meurtre de Dick Stevers ?

Il relut machinalement les papiers qu'il avait saisis dans la chambre du défunt valet. C'étaient des factures, et des rappels de factures, de vieux tickets de cinéma, des rendez-vous chez le dentiste ou chez le coiffeur notés sur des bouts de papier crasseux, et des lettres de demoiselles, d'un faible intérêt sinon qu'elles révélaient que le valet ne se contentait pas des embrassements de Margaret Auburn.

Un « poulet » signé d'une certaine Marilyn retint pourtant son attention un court instant.

« Mon bébé...

(« Comment un homme peut-il accepter de se laisser appeler mon bébé ? » bougonna par-devers lui l'inspecteur...)

« Je suis triste pour toi que tu sois dans les ennuis. Je crois que nous autres, les gens simples, nous devons éviter de faire des affaires avec les gros bonnets de la haute. On est toujours roulés. Ils prennent tout l'argent et nous laissent que les embêtements. Laisse donc cela à tes copains et ne te laisse pas entraîner. Bien sûr que j'aurais aimé que tu touches le paquet. Mais bien sûr ils ne t'ont pas mis dans le coup et se sont servis de toi. La seule chose que t'as bien faite, c'est de saouler l'autre idiot. T'aurais jamais rien su sans cela. Mais ça te fais une belle jambe ! Ils vont tout se partager et tu ne pourras que tirer la langue. Surtout ne cherche pas à te venger, mon bébé. Ces gens-là sont trop forts pour toi. Et puis, n'oublie pas qu'il y a autre chose que l'argent dans la vie. J'attends ton coup de fil pour te le prouver. En attendant sois sage et méfie-toi ! Si jamais j'apprends que tu es encore sorti avec cette vulgaire femme de chambre, c'est alors que tu pourras pleurer pour de bon. » Ta Marilyn.

En dehors des perspectives qu'elle ouvrait sur la médiocre culture des classes inférieures, cette missive confirmait les soupçons de l'inspecteur Buckingham. Dick Stevers avait été mêlé à des trafics illicites et s'était attiré de graves ennuis avec de puissants truands.

Assez content de lui, l'inspecteur décida d'aller faire part à l'attaché de presse des progrès de son enquête. Peut-être obtiendrait-il qu'il plaide auprès de la police de Balmoral pour que l'enquête lui soit laissée une semaine de plus. Ce qui lui laisserait quinze jours pour la mener à bien.

***

L'attaché de presse reposa le téléphone.

— Ils vous concèdent trois jours de plus, par déférence pour la reine. Mais ce délai écoulé, ils reprendront l'enquête au point où vous l'aurez laissée. Bien entendu, vous devrez alors leur communiquer tous les renseignements que vous aurez recueillis.

L'inspecteur Buckingham acquiesça de la tête. Il était cependant bien décidé à gagner la partie avant.

Phil Gail alluma une Dunhill.

— Ma première cigarette de la journée, dit-il, voyant l'inspecteur faire une moue de désapprobation.

— Vous luttez courageusement. C'est bien. J'ai mis moi-même plusieurs mois pour me débarrasser de cette habitude. La pensée que la reine ne fume pas m'a beaucoup aidé.

Phil Gail tira sur sa cigarette avec une ostentation marquée. Depuis qu'il avait été fait « Sir », il respectait beaucoup moins les *royalties*. Sans doute parce que la distance entre elles et lui avait diminué.

Il se pencha par-dessus son bureau.

— Il y a peut-être une piste que vous n'avez pas encore explorée, inspecteur, et qui nous amène loin d'un trafic de drogue. Il s'agirait d'un trafic de potins.

— Un trafic de potins ?

Phil Gail se carra dans son fauteuil, la mine amusée.

— Ignorez-vous, inspecteur Buckingham, que c'est une

des ressources secrètes du petit personnel ? Les potins dont il s'agit concernent, bien entendu, la famille royale.

— Insinueriez-vous que les membres du personnel de Sa Majesté iraient jusqu'à vendre aux journaux des informations sur sa famille ?

— C'est, hélas, une pratique banale.

L'inspecteur Buckingham hocha tristement la tête.

Il pensait que seules quelques rares brebis galeuses se permettaient ces indiscrétions comme ce fut le cas pour Stephen Barry, le valet du prince Charles, ou Malcom Braker, un ancien officier de la Maison royale ou encore Peter Russell, qui fut majordome de la reine. Tous trois publièrent sans vergogne leurs souvenirs. Il en fit la réflexion à l'attaché de presse.

— Ils ont, hélas, répondit Phil Gail, de nombreux imitateurs... ou imitatrices qui refilent des informations aux journalistes sur les faits et gestes des Altesses Royales.

— On ne respecte plus rien, même dans cette noble maison !

— C'est que les journaux populaires comme le *Sun* ou le *Daily Express* offrent des sommes énormes. Or, la comtesse de Gammersfield a de gros besoins d'argent.

— La comtesse ! La soupçonneriez-vous de se livrer à ce honteux trafic ?

— Je la soupçonne seulement. Il se trouve que j'étais seul à connaître avec elle tous les détails de la tenue que devait porter la reine à l'inauguration de l'hôpital de Coventry. Ces détails extraordinairement secrets figuraient pourtant, la veille, à la une du *Daily Mirror*. Il y a eu d'autres coïncidences troublantes.

— Pourquoi cette noble dame aurait-elle tellement besoin d'argent ?

— Son mari est pratiquement ruiné. Le jeu... Les courses... Leur château est très délabré.

— On peut être pauvre et honnête, protesta l'inspecteur, surtout quand on a un grand nom à défendre.

L'attaché de presse lâcha un rire sarcastique.

— Sauf quand on doit entretenir l'assiduité des jeunes gens que l'on convoite. Ses jeunes amants coûtent cher en cadeaux divers à la vieille guenon.

— Oh !

— Disons à la vieille chamelle.

L'inspecteur daigna sourire. Il était permis de se moquer d'une comtesse qui ne se respectait pas elle-même.

— Je me demande, reprit Phil Gail, si Bill Perth ne s'était pas aperçu de quelque chose.

— Vous voulez dire qu'il aurait pu avoir vent d'une de ses tractations avec les directeurs de ces torchons.

— C'est la question que je me pose. N'oubliez pas que ce garçon était l'amant de la comtesse. Il aura pu intercepter un coup de téléphone ou découvrir une lettre compromettante en fouillant dans ses affaires.

— Et il l'aura fait chanter.

L'inspecteur s'agita sur sa chaise, mal à l'aise.

— Je ne peux me résoudre à croire, si cette hypothèse était vraie, que la comtesse aurait fait assassiner Bill Perth pour l'empêcher de parler.

— C'est précisément ce que je suggère, bien que j'aie, moi aussi, beaucoup de mal à l'imaginer.

— Il aurait fallu qu'elle fasse appel à des tueurs professionnels, c'est-à-dire à des gens qui ne sont pas du tout de son monde.

— Elle aura pu surmonter ses répugnances, poussée qu'elle était par la nécessité.

— L'argent ?

— Surtout sa place auprès de la reine. Elle ne l'aurait pas gardée cinq minutes si le scandale avait éclaté.

L'inspecteur Buckingham, bouleversé, garda un long silence.

— N'oublions pas, inspecteur, qu'il ne s'agit là que d'une hypothèse, ajouta l'attaché de presse.

C'est ce que l'inspecteur Buckingham nota prudemment dans son petit carnet écossais.

CHAPITRE XVI

C'est avec un peu d'embarras que l'inspecteur Buckingham frappa à la porte de la comtesse de Gammersfield. Il n'arrivait pas à se convaincre qu'une si noble personne eût les mains tachées de sang. Cet attaché de presse avait trop d'imagination !

La comtesse éclata de rire lorsque l'inspecteur aborda le sujet des potins vendus aux grands journaux.

— Il est inconcevable, inspecteur, que vous ayez accueilli de pareils ragots. Qui vous a raconté cela ?

— Oh ! Personne en particulier. C'est une rumeur qui court dans le palais.

La comtesse arrangea d'une main artiste les fleurs disposées dans la soupière d'argent (une vasque disait-elle) de telle façon qu'on n'en voyait plus les anses.

— Cette stupide histoire de ragots serait-elle en rapport avec le meurtre de ce valet ? fit la comtesse d'une voix dédaigneuse.

— Je ne saurais dire. Je ne fais que collecter des renseignements.

— Des ragots ! Voilà ce que vous collectez, inspecteur, j'ai le regret de le dire.

L'inspecteur fit un geste évasif. Il était sur des charbons ardents.

— Je veux être franche, inspecteur, dit la comtesse d'une

voix pointue. Il est exact que les journaux ont publié certains potins sur la princesse Diana dans les premiers temps de son mariage, quand elle habitait Buckingham. Il se peut en effet que je sois à l'origine de ces fuites. Mais je ne l'avais pas fait de propos délibéré. Figurez-vous que j'ai raconté ces petites histoires à un dîner mondain auquel assistait le directeur d'un grand journal. Il en a fait son profit dès le lendemain. On a raconté, par la suite, que c'était ma faute. Que voulez-vous, on raconte tellement de petites histoires indiscrètes à ces dîners !

— J'espère que ce n'était pas trop offensant pour la princesse, s'inquiéta l'inspecteur Buckingham.

— Pensez-vous ! dit la comtesse en fixant une Craven à un long fume-cigarette d'ivoire. C'était plutôt drôle que méchant. Je racontais comment elle exigeait que le prince Charles lui prépare, chaque soir, avant de se coucher, une tasse de thé. Le prince avait dû acheter une bouilloire. Le pauvre garçon était exaspéré et le montrait. Furieuse, la princesse lui jeta un soir la bouilloire à la tête. Une autre fois, la princesse se permit de critiquer devant la reine l'ameublement du palais. La reine prit feu : « Comment osez-vous ! » La malheureuse princesse s'esquiva en larmes. Comme elle ne s'entendait pas non plus avec le personnel, elle ne cessait de s'enfuir en cachant son visage dans ses mains. À Buckingham, chacun s'amusait devant elle à enfouir son visage dans ses mains et à s'enfuir « à la Diana ».

— Je trouve ces plaisanteries très cruelles, fit sévèrement l'inspecteur.

— Il ne faut rien passer à ces gens-là. Ils ont le devoir de tenir leur rang.

Ces vertueux propos impressionnèrent l'inspecteur. Décidément, il ne voyait pas cette noble dame louer les services d'un escadron de la mort.

La comtesse écrasa sa cigarette dans un immense cendrier d'argent ciselé (un cadeau de la reine ? se demanda l'inspecteur).

— Vous semblez bien curieux de mes faits et gestes, inspecteur. Il y a quelques jours vous me soupçonniez d'avoir volé une soupière. Aujourd'hui vous me suspectez de vendre des potins à la presse pourrie. Je ne m'explique pas votre acharnement.

— Je ne cherche qu'à vous protéger, madame. Vous avez, semble-t-il, de puissants ennemis.

— Lesquels ? Dites-moi leur noms ? s'écria fiévreusement la comtesse.

— Je dois encore garder le secret. Mon enquête l'exige.

La comtesse se leva impulsivement.

— Si vous êtes si curieux, pourquoi ne m'accompagneriez-vous pas en week-end à mon château de Gammersfield ? Vous auriez le temps de me cuisiner puisque cela semble être votre passion.

L'inspecteur Buckingham fit remarquer modestement qu'il craignait, lui, simple roturier, de détonner dans un château féodal.

— Mais vous ne serez pas le seul roturier. Jonathan O'Sullivan sera de la partie.

— Je croyais qu'il était en voyage.

— Il rentre demain soir.

L'inspecteur se caressa pensivement le menton.

— Vous semblez bien intime, madame, avec ce Jonathan. Quels liens vous rattachent à lui ?

La comtesse fronça les sourcils et pinça les lèvres comme si elle était choquée.

— Ce n'est qu'un fournisseur, inspecteur, il m'aide à remeubler mon vieux château.

— Avec les meubles de la reine ? persifla l'inspecteur Buckingham.

— La reine m'autorise parfois à emprunter un meuble ou deux dans les réserves de Buckingham, fit la comtesse avec hauteur.

— Et Jonathan O'Sullivan vous aide à les mettre en place. Quel homme dévoué !

— Il y a beaucoup de dévouement autour de moi inspecteur.

C'est bien ce que pensait l'inspecteur. Trop de dévouement même, à son avis.

— Nous partirons donc samedi, pour ma petite bicoque, reprit la comtesse. Du moins, si vous me faites l'honneur, inspecteur, d'accepter mon invitation.

L'inspecteur hésita. S'éloigner deux jours de Londres, n'était-ce pas perdre le fil de son enquête ? Mais quel fil ? Si ces meurtres étaient affaire de drogue, c'était le superintendant Oxfield qui le tenait, ce fil. Et puis, il trouvait aux façons de la comtesse une allure équivoque. Elle avait peut-être beaucoup de choses à raconter, le whisky aidant. Et l'inspecteur Buckingham ne répugnait pas à servir d'entraîneur sur ce terrain, même dans un château glacial et probablement hanté.

— J'accepte bien volontiers, dit-il.

⁂

— Une comtesse ! Tu vas passer le week-end chez une comtesse !

Mrs Smith contemplait son mari avec incrédulité.

— J'espère, dit l'inspecteur Buckingham, que tu ne mets pas ma parole en doute.

— Je n'ai jamais douté de ta fidélité, fit Mrs Smith, solennelle. Mais je crains que tu ne me regardes désormais avec une certaine hauteur.

Bien qu'elle plaisantât, l'inspecteur sentait dans sa voix une légère vibration d'inquiétude.

— Rassure-toi, crut-il devoir ajouter, cette personne a perdu la plupart de ses armes. Elle commence à ressembler à ce qu'elle sera dans une dizaine d'années, une sorcière. Ce n'est vraiment pas mon genre.

— Oui, mais c'est une comtesse, dit Mrs. Smith d'un air pénétré de respect.

L'inspecteur Buckingham planta droit sa fourchette dans le *yorkshire pudding* et éclata de rire.

— Une comtesse d'occasion ma chère ! Elle était la fille du jardinier de son mari.

— Je te trouve bien snob. La naissance ne fait rien à l'affaire. Tu sais bien que la dernière des femmes peut devenir comtesse ou duchesse par son mariage.

— C'est vrai, reconnut l'inspecteur. Nous lui devons dès lors et le titre et le respect.

Mrs. Smith déposa sur la table un *pie* aux poires, sa glorieuse spécialité.

— Ce qui est injuste, fit-elle remarquer, c'est que les hommes ne jouissent pas du même avantage. Dis-moi si je me trompe. Je crois qu'un roturier qui épouse une comtesse, par exemple, n'a pas droit au titre de comte.

— En principe non, répondit l'inspecteur Buckingham.

Son front s'était plissé comme si une pensée inattendue l'avait envahi.

— Toutefois, fit-il d'une voix songeuse, la reine pourrait lui accorder cette faveur, comme elle l'a fait parfois pour ses gendres ou ses brus non titrés.

Toujours songeur, l'inspecteur Buckingham nota quelque chose dans son petit carnet écossais.

— Couvre-toi bien, ajouta Mrs. Smith. Dans ces vieux châteaux, on attrape facilement la mort.

L'inspecteur Buckingham sursauta.

— J'espère que tu emploies cette expression au figuré.

— Excuse-moi, j'aurais dû dire « la crève », mais tu sais que je n'aime pas employer des expressions argotiques. Surtout devant quelqu'un qui fréquente des comtesses, ajouta-t-elle avec un sourire malicieux.

CHAPITRE XVII

— Je vous emmène dans ma Jaguar, avait décrété Jonathan O'Sullivan.

S'il avait été étonné de voir l'inspecteur Buckingham faire partie de l'expédition, le décorateur n'en avait rien montré.

— La comtesse a eu une excellente idée de vous inviter, dit-il, tandis que la voiture fonçait à travers les faubourgs nord de Londres. Nous pourrons ainsi nous entretenir tous les trois du sort tragique de ce pauvre Bill Perth. Peut-être pourrais-je vous aider à faire avancer votre enquête ?

Il se retourna (dangereusement, c'est lui qui conduisait).

— J'ai bien failli rater cette charmante réunion, inspecteur. J'ai pu de justesse régler mes affaires à Paris. Ces Français sont d'un lent ! Ils passent leur temps à déjeuner. Ils m'ont tellement retenu que j'ai failli rater l'avion.

— C'était une expertise délicate, je crois.

— Oui, des meubles rares qu'il fallait estimer pour les vendre chez Christie's. Cela m'a distrait un instant de notre triste affaire.

Le décorateur poussa un profond soupir.

— Pauvre Dick, pauvre Bill, la drogue gâche, hélas, la vie d'excellents jeunes gens pourtant promis à un brillant avenir.

— Oui... la drogue..., prononça l'inspecteur Buckingham d'une voix hésitante.

— Je ne vois pas d'autre explication au meurtre de ce garçon.

Jonathan O'Sullivan poussa un nouveau soupir.

— Je le plains certes, mais je ne peux oublier qu'il a assassiné son camarade Dick Stevers qui était, je vous le rappelle, mon neveu.

— Mes condoléances, bredouilla l'inspecteur.

— Vous avez peut-être été étonné, inspecteur, que je n'aie pas alors affiché un profond chagrin. C'est que ce garçon ne m'était guère proche. Je l'avais fait entrer au service de la reine pour obliger son malheureux père. Mais je n'avais pas d'atomes crochus avec ce fils de famille un peu dévoyé.

— Il n'en était pas de même avec ce Bill Perth. Les petits potins du palais prétendent qu'il était au mieux avec vous.

Le décorateur éclata d'un rire bruyant.

— Les petits potins ! Voyez-vous cela ! La vérité est que ce jeune homme importunait sans cesse de ses hommages la comtesse de Gammersfield. Chaque fois que j'allais rendre visite à cette chère amie, je trouvais ce valet attendant à la porte, la bouche en cœur et un bouquet à la main.

— Des fleurs de la reine, je présume, murmura l'inspecteur.

— C'est possible. Les parterres de fleurs de Buckingham sont si vastes qu'on peut être tenté de les butiner légèrement.

— Certains en font autant avec les meubles des réserves royales.

Le décorateur toussota avec gêne.

— Ce n'est pas la même chose, inspecteur, quand j'apporte au château de la comtesse quelques pièces de mobilier prélevées dans les réserves du palais, c'est toujours avec l'accord de la reine.

— Elle n'a rien à vous refuser, semble-t-il.

— La reine attache la plus haute importance à la décoration de ses résidences. Un peu de cette véritable passion retombe sur ma modeste personne. Je n'en abuse pas.

— C'est vrai, dit la comtesse, qui s'était étendue sur la banquette arrière, Jonathan n'a même pas demandé à recevoir un titre. Il apprécierait pourtant lui aussi d'être appelé « sir ».

— Ou baron ou comte, murmura machinalement l'inspecteur.

— Comte ? Pourquoi comte ? fit le décorateur d'une voix étonnée où l'inspecteur crut déceler de l'irritation.

Ils n'échangèrent plus un mot jusqu'à l'arrivée au château de Gammersfield. Mis à part, comme il était fatal avec des Anglais, quelques réflexions sur le temps qu'il faisait.

⁂

À quelques kilomètres de Leeds, dans une campagne boisée que rendait mélancolique une brume naissante, apparut, se détachant en noir sur le ciel du crépuscule, le sombre château de Gammersfield. De loin, il avait encore quelque allure. Mais en approchant de la colline où il se dressait, l'inspecteur Buckingham put contempler ses infirmités. Les deux tours, lézardées, avaient perdu leur mâchicoulis, ces créneaux d'où on laissait, au temps jadis, tomber de l'huile bouillante sur les adversaires. Une fenêtre sur deux n'avait plus de carreaux. La toiture laissait apparaître quelques trous par lesquels on apercevait la charpente. « Un vrai repaire pour la famille Adams », songea l'inspecteur avec un frisson.

La chambre qu'on lui attribua, au deuxième étage, n'était guère plus engageante. Les murs tachés d'humidité étaient traversés de larges fissures. Le plancher craquait avec une hostilité ouverte. Une des vitres de la fenêtre était fendue. La chambre donnait sur un long couloir qui aboutissait à une tour où le vieux comte avait ses quartiers : une chambre ronde, garnie de meubles gothiques aux noires sculptures, que n'éclairait qu'une fenêtre étroite et toute en hauteur. En lui faisant visiter les lieux, la comtesse fit remarquer à l'inspecteur le grand lit à baldaquin.

— Mon mari s'y enfouit dès son dîner avalé, en ramenant la couverture sur sa tête. J'ai toujours peur qu'il s'étouffe.

— Le comte est-il frileux ?

— Non. Il a peur des fantômes.

L'inspecteur Buckingham ne put s'empêcher de rire.

— Pourquoi s'obstine-t-il à habiter un château médiéval s'il a peur des fantômes ? Ces vieilles demeures en regorgent toujours.

— Nous ne possédons pas d'autre domicile. Nous n'avons pas les moyens d'acquérir un appartement à Londres.

— Vendez votre château !

— Hélas, il est invendable. Trop de travaux.

— Et sans doute y tenez-vous, comme témoin de votre prestigieuse noblesse.

La comtesse jeta un regard reconnaissant à l'inspecteur. À Gammersfield, au château comme au village, on lui mesurait les marques de respect. On n'oubliait pas qu'elle était la fille du jardinier.

Lequel jardinier était devenu, par la grâce du comte, le régisseur du domaine. Il avait son logis à part dans le parc du château, comme l'expliqua la comtesse à l'inspecteur.

Le vieux comte avait attendu sa femme et ses hôtes sur le perron du château. L'inspecteur Buckingham lui trouva de l'allure, malgré son nez florissant et son pied goutteux et boiteux, deux disgrâces qu'il fallait sans doute mettre sur le compte de l'excellent whisky de l'Écosse voisine.

Au dîner, la conversation roula d'abord sur les fantômes, comme il est de rigueur dans un château ancien.

— Nous avions autrefois un nain difforme et diabolique dans la tour sud, dit la comtesse. On ne le voit plus guère.

Elle se hâta d'ajouter que son mari vivait dans la tour nord.

— Je ne supporterais pas même l'idée de coucher dans la tour sud, murmura le comte. Ma femme prétend que ce nain est le fantôme d'un enfant qu'une de mes ancêtres aurait eu du diable après un sabbat de sorcières.

Le décorateur intervint avec un sourire que l'inspecteur trouva exagérément gourmand.

— Autrefois, chaque fois que dans votre famille un garçon atteignait vingt et un ans, ai-je lu dans vos vieilles archives, son père le conduisait dans cette tour sud pour y passer la nuit. C'était une épreuve de courage. On dit qu'un de ces garçons est devenu fou. Un autre est sorti de l'épreuve avec des cheveux blancs. Aucun n'avait jamais voulu parler de ce qui s'était passé pendant cette nuit maudite.

— C'est un gnome immonde et immortel, fit la comtesse d'un air sinistre.

Son mari frissonna. L'inspecteur Buckingham eut pitié de lui.

— Nous pourrions peut-être parler d'autre chose. Cette conversation est un peu lugubre, ne trouvez-vous pas, chère comtesse ?

L'inspecteur parlait autant pour le comte que pour lui-même. L'immense salle à manger était à peine éclairée par deux lustres qui jetaient de vagues lueurs sur de vieilles armures. Sur la table, les flammes de deux chandeliers à quatre branches vacillaient sous le souffle des vents coulis et lançaient des ombres mouvantes sur les sombres tapisseries.

— Vous avez raison, inspecteur, dit la comtesse, le chapitre des fantômes de Gammersfield est vite épuisé. Ce nain, d'ailleurs, se fait rare comme le fantôme du vieux seigneur qui se promène dans le grenier sa tête coupée sous le bras.

— Je vous en prie, Maud, changeons de conversation, implora le comte. Je déteste ce genre d'évocations, surtout après le coucher du soleil.

— Toutefois, dit la comtesse, nous recevons encore assez souvent la visite de la Dame Blanche.

— Je ne m'en suis pas aperçu, lâcha le comte d'une voix altérée.

— Ce n'est pas étonnant. Vous vous cachez chaque soir la tête sous vos couvertures. Mais je suis sûr qu'elle vous rend visite dans votre chambre dans la tour nord. Cela fait partie de son circuit nocturne.

— L'auriez-vous déjà rencontrée ? souffla le comte d'une voix mourante.

— Très souvent. Presque chaque soir quand je séjourne à Gammersfield. Vous savez que je me relève souvent la nuit pour aller chercher un livre dans la bibliothèque.

L'inspecteur retint un sourire. Il n'avait pas vu un seul livre dans la chambre de la comtesse au palais de Buckingham. Il ne croyait guère à ce soudain prurit de culture nocturne. Sans doute la comtesse allait-elle rejoindre quelque galant dans les communs.

— Jonathan peut vous le confirmer, insista la comtesse, il l'a observée comme moi.

L'inspecteur Buckingham se demanda si ce n'était pas le distingué décorateur que la comtesse allait retrouver la nuit. Ce précieux Jonathan O'Sullivan aimait aussi les femmes. Aucun Anglais n'est parfait.

Voilà qui expliquerait qu'elle l'emmenât si souvent en week-end à Gammersfield, sous prétexte d'étudier la redécoration du château.

— C'est vrai, convint Jonathan O'Sullivan. J'ai croisé plusieurs fois dans les couloirs du deuxième étage cette fameuse Dame Blanche. J'avoue que je n'en menais pas large.

— C'était l'épouse du troisième comte de Gammersfield, dit la comtesse, ce qui nous ramène au XVe siècle. Elle avait été surprise par son mari en conversation un peu intime avec un valet. En punition, il la força à porter une longue robe blanche qu'on trempait chaque matin dans la chaux vive. La comtesse, la peau rongée, mourut dans d'affreuses souffrances. C'est en souvenir de cette triste histoire que cette malheureuse hante toutes les nuits de samedi les couloirs du château dans une longue robe blanche. Elle essaye d'embrasser tous les gens qu'elle rencontre. Elle a besoin de consolation, dirait-on.

— Pourquoi toutes les nuits de samedi ? demanda le décorateur avec intérêt.

— Parce que c'est un samedi, dans la nuit, qu'elle mourut. Dans la tour nord, très exactement.

Le comte laissa tomber sa cuillère dans son potage. Son menton tremblait.

— Assez de ces sottises, Maud ! gémit-il.

Il ajouta d'une voix blanche :

— Si cette horrible créature entrait dans ma chambre, je préférerais sauter par la fenêtre plutôt que de subir son contact.

L'inspecteur Buckingham s'empressa de détourner la conversation comme il convenait à un hôte bien élevé.

— Figurez-vous, chers amis, que j'ai longtemps soupçonné que le meurtre de ce pauvre Dick Stevers pouvait être en relation avec la fameuse disparition de la soupière de la reine.

Il obtint l'effet souhaité. La comtesse et le décorateur éclatèrent de rire. Le vieux comte les regardait sans comprendre, puis se décida à pouffer lui-même, à tout hasard.

— Figurez-vous encore, enchaîna l'inspecteur, que j'avais cru reconnaître cette soupière, un peu plus tard, dans la chambre de la comtesse au palais de Buckingham.

La comtesse étouffa de rire.

— C'est trop drôle. La reine venait justement de me prêter, pour orner ma chambre, une sorte de vasque en argent qu'on pouvait à la rigueur prendre pour une soupière.

L'inspecteur Buckingham crut devoir prendre part à cet accès d'hilarité.

— J'avais cru aussi un instant, ajouta-t-il, que l'émeraude du sultan d'Oman avait été volée et qu'on lui avait substitué un faux. Il me semblait voir un lien entre le vol de la soupière, cette substitution et le meurtre de Dick Stevers. Mais je me trompais. L'émeraude de la vitrine de la Galerie de peinture était bien vraie. Voyez comme on peut se laisser entraîner à échafauder des hypothèses saugrenues.

La comtesse éclata d'un rire bruyant, imitée par le décorateur, quoique avec plus de distinction, c'est-à-dire du bout des lèvres, et par le vieux comte qui s'esclaffait de confiance, parce qu'il voulait avoir l'air au courant et qu'il avait forcé sur la boisson au cours du dîner.

Le menu avait été plutôt frugal. Après des espèces de tartelettes que la comtesse avait annoncées comme des quiches lorraines et que le vieux comte avalait entières, en imprégnant sa moustache de graisse, on avait servi une sorte de bouillie d'avoine salée, accompagnée de saucisses et de rognons de mouton. Tout au moins c'est ce que préjugea l'inspecteur qui pêchait les morceaux au milieu d'une mer de rondelles d'oignon.

Jonathan O'Sullivan se servit à son tour, triant soigneusement ce qu'il mettait dans son assiette.

— Vous n'aimez pas les rognons de mouton ? se méprit l'inspecteur.

— Non, c'est l'oignon que je n'aime pas.

Ce qui rappela quelque chose à l'inspecteur, mais sur le moment il ne sut pas exactement quoi.

CHAPITRE XVIII

Avant de regagner sa chambre, l'inspecteur Buckingham s'accorda une petite promenade dans le parc. Il avait besoin de se laver le cerveau de toutes ces angoissantes histoires de fantômes.

Éclairé par la lune, le château semblait plus maléfique que jamais. « Il ne manque plus que le cri de la chouette ! » songea l'inspecteur. Comme si quelque démon avait surpris cette réflexion, le cri d'un de ces oiseaux de nuit s'éleva d'un bosquet.

L'inspecteur, un peu frissonnant, s'apprêtait à regagner le château lorsqu'il entendit un grincement d'essieu. « J'espère que ce n'est pas la charrette de la mort ! » espéra-t-il par-devers lui.

Ce n'était heureusement qu'une honnête charrette à bras remplie de foin, qu'un vieil homme tirait vers une remise. Passant devant l'inspecteur, le vieil homme le salua d'un signe de tête.

— Que faites-vous donc si tard à charrier du foin ? s'étonna l'inspecteur.

— Le jardinier a oublié cette charrette dans le fond du parc. Je la mets à l'abri. Je crains qu'il ne pleuve cette nuit et que le foin ne soit gâché.

— Quelle conscience professionnelle ! admira l'inspecteur. Vous occupez quelles fonctions dans cette noble maison ?

— Je suis le régisseur. Vous êtes vous-même, j'imagine, l'inspecteur Buckingham dont ma fille m'a annoncé la visite.

— C'est exact.

L'inspecteur remarqua que le père de la comtesse était vêtu d'un bourgeron et portait un vieux béret.

— Je m'étonne, dit-il, que vous n'ayez pas été présent à ce dîner.

Le régisseur ôta son béret et le tripota d'un air embarrassé.

— Ma fille ne m'en avait pas prié. Je pense qu'elle n'aime pas me voir mêlé à ses invités. Je lui rappelle trop ses humbles origines. Je ne regrette guère de n'avoir pas assisté à ce dîner. Je n'aime pas ce O'Sullivan. Il tourne depuis trop longtemps autour de ma fille. Je ne sais pas ce qu'il mijote. Ça ne me plaît pas. Cet homme-là n'est pas franc.

L'inspecteur garda le silence. Il n'était pas loin de penser comme le vieil homme.

— Je vais regagner ma chambre, dit-il. J'espère que les fantômes de ce château ne viendront pas me tirer par les pieds.

— Quels fantômes ? Je n'ai jamais entendu dire qu'il y ait des fantômes dans ce château.

— La conversation à table n'a cessé de tourner autour d'eux. Le nain diabolique... le seigneur qui porte sa tête sous son bras... la Dame Blanche.

— C'est du chinois pour moi tout ça. Jamais entendu parler de ces spectres. Adieu, inspecteur. Et dormez sans crainte.

L'inspecteur rendit son salut au vieil homme qui poussa sa charrette dans la remise. Il était perplexe. Qui mentait, du régisseur ou de sa fille ? Avait-elle inventé ces histoires de fantômes pour faire peur à son mari ? Quel plaisir y trouvait-elle ? Il était si facile d'épouvanter un vieil homme ! L'inspecteur se souvint que le décorateur avait fait chorus. Sadisme ? Ces artistes efféminés avaient parfois des côtés cruels. Et pourquoi le vieux comte se laissait-il intoxiquer par ces folles histoires ? Il devait bien savoir qu'elles ne reposaient sur rien. À moins qu'il ne fût un peu gâteux. Les vieillards étaient aussi crédules que des enfants ! À moins que ce ne fût le régisseur qui fût gâteux et ne perde un peu la mémoire.

L'inspecteur se dirigea vers la porte d'entrée du château. Puis il se ravisa, alla jusqu'à la remise, empoigna les brancards de la charrette remplie de foin et la tira jusque sous la fenêtre de la tour nord. Si une Dame Blanche hantait vraiment le château le samedi et avait l'habitude de passer par la chambre du comte, cette précaution pourrait bien être utile. Le vieux gentleman n'avait-il pas proclamé qu'il se jetterait plutôt par la fenêtre que d'être embrassé par cet affreux spectre !

Le régisseur s'était éloigné sans se retourner, au soulagement de l'inspecteur Buckingham qui aurait été bien en peine de lui expliquer son geste.

⁂

L'inspecteur alla tirer les croisées de sa chambre. Il avait l'habitude de dormir la fenêtre ouverte. Mrs. Smith, qui était frileuse, ne consentait qu'à ce qu'il l'entrebâillât. Il pouvait ce soir l'ouvrir en grand. N'était-il pas en vacances ?

Drôles de vacances, songea-t-il en recevant au visage la gifle du vent furieux, chargé d'humidité. Une tempête s'annonçait pour la nuit. Une chouette hulula dans la futaie qui entourait le château. L'inspecteur frissonna et referma à moitié la fenêtre. Machinalement, il alla tourner la clef de la porte. Il acheva de se déshabiller et gagna vite son lit. Pas assez vite pour que le plancher ne lui ait signifié son hostilité par quelques craquements lugubres. Le lit était glacial. L'inspecteur regretta le bon vieux temps où l'on bassinait les lits. C'était à l'époque où l'on pouvait se payer une armée de servantes avec l'équivalent d'un salaire d'une seule employée de maison d'aujourd'hui ! Il avait été frappé de la pauvreté du service au dîner. Un seul valet officiait qui, à en juger par un tablier souillé dont il se débarrassait avant d'entrer dans la salle à manger, devait aussi faire fonction de cuisinier.

L'inspecteur Buckingham ramena la couverture par-dessus sa tête : « Je me laisse impressionner par ces histoires de fantômes », se reprocha-t-il. Un peu confus, il rabattit la couverture. Mais il eut du mal à s'endormir. Le château résonnait de tant de bruits étranges par cette nuit de tempête ! On eût dit qu'une armée de démons galopait dans les combles au-dessus de sa tête, tandis que des âmes en peine gémissaient dans les couloirs.

L'inspecteur Buckingham finit par s'assoupir. Il fit un mauvais cauchemar. Une forme blanche surgissait du mur, escortée d'un nain difforme. Le spectre se penchait sur lui et... L'inspecteur s'était réveillé en sursaut, le corps en sueur. « Au diable ces histoires de château hanté pendant les dîners ! » pesta-t-il. Il alluma la lampe de chevet, se leva et alla rafraîchir son visage dans le cabinet de toilette. Il retourna à son lit. Le hurlement du vent, les craquements de la vieille charpente du château avaient redoublé. L'inspecteur eut l'impression qu'il y avait une présence dans le couloir. Une oppression insupportable lui serrait la poitrine. Il alla vérifier que la porte était bien fermée à clef. Il se morigéna : « Je deviens idiot ! »

L'inspecteur allait se recoucher, lorsqu'il entendit un frôlement dans le couloir. Cette fois-ci ce n'était pas l'effet d'un cauchemar. Il était bien éveillé.

Il tendit la main vers la clef, mais hésita à la tourner. Qu'allait-il découvrir dans ce maudit couloir : un vieux chevalier du Moyen Âge tenant sa tête sous son bras ? Pendant qu'il tergiversait le frôlement dans le couloir s'accentua. « Allons ouvre ! » s'écria le valeureux Don Quichotte qui combattait le craintif Sancho Pança dans le cœur de l'inspecteur. Il tourna la clef. Il allait ouvrir la porte lorsqu'un hurlement venu de l'extrémité du couloir le paralysa. Un hurlement d'homme qui exprimait une terreur sans nom. Ou était-ce un hurlement d'agonie ? « Allons, ouvre ! » se répéta l'inspecteur. Comme il tournait le bouton de la porte, il entendit un bruit de pas précipité dans le couloir, suivi d'un nouveau cri d'angoisse. Féminin celui-là.

L'inspecteur Buckingham ouvrit grand sa porte et se rua dans le couloir. Il entra presque en collision avec une forme en chemise de nuit qui venait en courant de la chambre du comte au fond du couloir. C'était la comtesse, l'œil hagard, la figure défaite.

— Inspecteur ! Au secours ! Mon mari vient de se jeter par la fenêtre !

L'inspecteur Buckingham rentra en trombe dans sa chambre, enfila son peignoir et se précipita dans le couloir en direction des escaliers du château. Parvenu dans la cour, il fonça jusqu'à la tour nord.

Au milieu du foin se débattait une forme confuse entortillée dans un grand linge blanc.

— Vous n'êtes pas blessé, monsieur le comte ? interrogea l'inspecteur avec anxiété.

— Foutre non ! Mais c'est bien par chance ! Si cette charrette ne s'était pas trouvée sous ma fenêtre, je me cassais la tête sur le pavage. C'est du solide granit.

L'inspecteur Buckingham leva les yeux. Il y avait bien dix mètres du sol à la fenêtre d'où avait chu le comte.

— Êtes-vous tombé, ou avez-vous sauté ? interrogea l'inspecteur avec sollicitude.

— J'ai sauté, bien sûr. Vous n'imaginez pas que j'allais me laisser embrasser par ce maudit spectre ?

— Le nain difforme ?

— Non, la Dame Blanche. Elle s'est penchée sur moi. Je l'ai empoignée par son suaire et je l'ai poussée de côté. Elle m'a poursuivi. Alors je me suis jeté par la fenêtre !

— Vous auriez pu vous tuer !

— Plutôt crever que d'être emporté en enfer par cette goule !

— Je vois, dit l'inspecteur, qu'en sautant par la fenêtre vous avez emporté ce sinistre suaire. Vous en êtes encore tout entortillé.

— Ma foi, oui. C'est étonnant ! Je croyais que les fantômes se revêtaient de brume !

C'est ce que croyait aussi l'inspecteur, qui, après avoir aidé le comte à se débarrasser du supposé suaire, le roula prestement en boule et le cacha sous le foin de la charrette.

La comtesse accourait, soutenue par Jonathan O'Sullivan.

— Mon pauvre mari ! criait-elle à pleine gorge, mon pauvre mari !

Quand elle tomba face au comte qui s'époussetait avec hauteur, elle parut soudain paralysée de stupeur. Le décorateur, non moins saisi, lui lâcha le bras et elle serait tombée sur le pavé si l'inspecteur Buckingham n'était pas venu à son secours.

— Il n'est pas mort ! balbutia la comtesse d'une voix éteinte. Il n'est pas mort !

— On dirait, commenta le décorateur d'un air stupéfait, que c'est cette charrette de foin qui lui a sauvé la vie.

— Qui l'a mise là ? fit la comtesse avec nervosité.

Le régisseur, que tout ce tapage avait sorti du lit, s'avança vers sa fille.

— Je n'y comprends rien, Maud, j'ai rangé hier soir cette charrette dans la remise.

— Alors pourquoi se trouvait-elle sous la fenêtre de mon mari ? l'interrompit la comtesse d'une voix aiguë. Vous étiez encore saoul, comme d'habitude !

Choqué, l'inspecteur Buckingham crut devoir intervenir.

— Quoi qu'il en soit, madame, la présence de cette charrette sous la tour nord a sauvé la vie de votre mari. Je pense qu'il convient de s'en réjouir.

— Bien entendu, dit la comtesse avec précipitation.

⁂

Toute la compagnie était maintenant réunie dans le salon du château. Le régisseur était allé chercher une bouteille de vieux malt-whisky écossais, et le comte y faisait particulièrement honneur.

— J'avoue, raconta-t-il, qu'au début je n'y ai pas cru. J'ignorais, jusqu'à ce dîner, cette légende de la Dame Blanche. Ni mon père ni mon grand-père ne m'en avaient jamais parlé.

— Je l'ignorais aussi, murmura le régisseur.

La comtesse reversa à boire à son mari.

— Je pense, dit-elle, que vos parents auront eu peur de vous effrayer.

— Peut-être, mais j'aurais dû la voir déjà plusieurs fois au château, objecta le comte.

— Vous ne l'avez pas vue auparavant parce que vous dormiez profondément. Vous avez toujours eu le sommeil robuste.

— Alors pourquoi l'ai-je vue cette nuit ?

— Peut-être dormiez-vous mal à cause de toutes ces histoires de fantômes que nous avions racontées au dîner.

« Bien raisonné », songea l'inspecteur Buckingham.

— Autre sujet de surprise, le suaire, continua le comte.

— Le suaire ? lança la comtesse, le suaire ! Qu'avez-vous fait du suaire ?

— Comment savez-vous, Maud, que j'avais pris son suaire ?

— Mais vous venez de le dire !

— Je ne crois pas l'avoir dit... Quoi qu'il en soit, j'ai en effet arraché son suaire à ce spectre et je suis tombé par la fenêtre entortillé dedans. C'est l'inspecteur qui m'a aidé à m'en débarrasser. J'étais étonné de voir que ce suaire avait l'air d'être en honnête tissu.

— C'est très étonnant en effet, intervint le décorateur. Je crois que ce suaire intéresserait beaucoup le Musée métapsychique de Londres. J'aimerais lui faire parvenir cette pièce rare. Qu'en avez-vous fait, inspecteur ?

— Comme j'achevais d'en débarrasser notre hôte, dit l'inspecteur Buckingham, le vent me l'a arraché des mains. Il doit être loin maintenant.

— Très loin, fit la comtesse avec enjouement, le vent souffle en tempête cette nuit.

Le comte alla se verser une nouvelle rasade de malt-whisky.

— J'ai besoin d'un petit remontant après toutes ces émotions, souffla-t-il à l'inspecteur Buckingham qui l'avait suivi son verre à la main.

— J'en ai besoin aussi, reconnut l'inspecteur.

— Un bon coup dans l'aile, ça m'aidera à dormir. Mais j'irai coucher dans la chambre de la comtesse. Plus de Dame Blanche pour cette nuit ! Il faut que je sois en forme demain pour la chasse aux canards.

— Vous vous sentez capable d'aller demain à la chasse ! admira l'inspecteur.

— Jamais un comte de Gammersfield n'a raté une chasse aux canards sauf pour cause de décès.

— Cela a bien failli arriver ! osa plaisanter l'inspecteur.

Le comte daigna rire.

⁂

Une petite difficulté surgit au moment d'aller se coucher. La comtesse ne souhaitait pas recevoir son mari dans sa chambre. Elle craignait que, rendue nerveuse par ces incidents, elle ne l'empêchât de dormir. Il valait mieux, pensait-elle, qu'il s'installât dans l'une des deux chambres d'amis encore disponibles.

Le décorateur avait approuvé avec chaleur.

— Vous avez mérité une nuit tranquille, mon cher comte !

Lorsqu'il fut assuré que chacun était bien rentré dans sa chambre, l'inspecteur Buckingham descendit les escaliers à pas de loup, gagna la cour et alla récupérer le « suaire » dans le foin. Il l'examina à la lueur de la lune, puis le replia en hâte et l'emporta sous son bras. De retour dans sa chambre, il le plaça au fond de sa valise.

CHAPITRE XIX

L'inspecteur Buckingham mettait le canard sauvage rôti au premier rang de ses plats préférés. Surtout lorsque son épouse le préparait avec ces merveilleux petits pois anglais, gros comme des billes et verts comme des perroquets.

Et il appréciait beaucoup la chasse à ces succulents volatiles. Surtout dans une aube aussi fraîche.

L'étang au bord duquel les chasseurs s'étaient arrêtés était encore couvert du brouillard matinal. Un petit vent glacé inclinait les roseaux qui le bordaient sur une largeur de cinquante mètres. Le ciel était à la pluie et l'inspecteur gelait dans les bottes de caoutchouc que lui avait prêtées le régisseur.

— Vous allez rester là avec ma femme, inspecteur, décréta le vieux comte en indiquant une passerelle en planches qui aboutissait à l'étang entre les roseaux. Vous vous tiendrez bien dissimulés. J'irai avec M. O'Sullivan à l'autre bout de l'étang. Les canards seront donc pris entre deux feux.

Le régisseur sauta dans une vieille barque et entreprit de semer des leurres sur l'étang, c'est-à-dire des canards en bois peint, parfaitement imités des oiseaux réels. Puis il gagna l'autre rive et à l'aide d'un appeau imita le cri du canard sauvage.

— Mon père est un grand expert de la chasse aux canards, souffla la comtesse à l'oreille de l'inspecteur. Si un vol passe par ici, il s'abattra à coup sûr sur l'étang.

Elle se dressa soudain, au mépris des consignes données et héla son mari qui s'éloignait vers son poste de tir à l'autre extrémité de l'étang.

— Eh mon ami, prenez donc cela, vous en aurez besoin par ce matin frisquet.

Elle lui tendait une flasque de vieux malt écossais. Le comte revint sur ses pas, saisit la flasque et l'enfouit dans sa gibecière.

— Merci, chère amie, dit-il d'une voix où perçait un brin de surprise. Je ne suis pas habitué à tant de prévenance de votre part.

— Je vous dois bien cela, mon ami, après avoir gâché votre nuit par mes stupides histoires de fantômes.

— Pas si stupides que cela, protesta le comte, puisque j'ai fini par en voir un.

— J'espère bien, mon ami, que ce sera le dernier.

— Plaise au ciel, ou plutôt à l'enfer, qu'il vous entende !

Ces propos amènes donnèrent à croire à l'inspecteur Buckingham que les deux époux étaient dans les meilleurs termes, contrairement aux ragots qu'il avait recueillis au palais et particulièrement aux assertions de l'attaché de presse. « Ces deux-là, pensa-t-il par-devers lui, à défaut d'amour ont encore de l'affection l'un pour l'autre. »

Il fut distrait par un violent battement d'ailes. Un vol de canards traversait le ciel juste au-dessus de leurs têtes. Rasant les roseaux, ils s'abattirent au milieu de l'étang parmi les leurres.

L'inspecteur avait épaulé et se préparait à tirer. Mais la comtesse l'en empêcha en relevant son arme.

— Laissez-donc, je vous prie, le plaisir de tirer le premier à mon mari.

— Comme vous êtes bonne ! s'exclama l'inspecteur Buckingham, touché.

Quatre coups de feu claquèrent. Le vieux comte et le décorateur avaient fait feu sur les oiseaux. La compagnie de canards s'envola à grand bruit. Deux oiseaux seulement flottaient sur l'étang.

— Ce n'est pas bien brillant, fit observer la comtesse. Mon

mari a d'ordinaire la main plus heureuse. C'est qu'il n'a pas l'habitude de boire de si bon matin.

— Puis-je me permettre de vous faire remarquer, fit l'inspecteur, que vous lui avez vous-même remis une flasque de whisky ?

— J'ai cru bien faire. Je pensais qu'il avait mal dormi par ma faute.

Sur l'autre rive de l'étang, le régisseur continuait ses appels. Un second vol de canards passa au-dessus d'eux et s'abattit sur l'eau. L'inspecteur épaula. Une nouvelle fois, la comtesse l'invita à ne pas tirer.

— Laissons encore ce tir à mon mari et à Jonathan. Ils n'ont pas eu de chance la première fois.

Les fusils des deux hommes tonnèrent. Les canards s'envolèrent, ne laissant que trois cadavres à la surface de l'étang.

— Décidément, soupira la comtesse, ils n'ont pas la main heureuse.

— Peut-être est-ce ce whisky matinal ? suggéra encore l'inspecteur Buckingham.

— Vous avez sans doute raison, concéda la comtesse. Mais je connais le remède.

Elle tira de sa gibecière une flasque de bourbon.

— Ce whisky américain, dit-elle, est l'antidote idéal du whisky écossais. Je vais le porter à mon mari.

L'inspecteur Buckingham n'avait jamais entendu parler de cette vertu particulière du bourbon. Il était plutôt enclin à penser que la consommation de ces deux liquides, l'un sur l'autre, ne risquait guère d'améliorer le tir du vieux comte. Mais la déférence le retenait d'empêcher la comtesse d'aller porter à son mari cet inquiétant ravitaillement.

Il remarqua, sans en comprendre la raison, que la comtesse, au lieu de couper directement par les roseaux, faisait un grand détour par la droite pour rejoindre son mari. Il la vit courir vers lui, brandissant la flasque, la lui remettre avec une bourrade chaleureuse, puis revenir à leur emplacement de tir en faisant toujours ce curieux détour au large des roseaux.

Le vol suivant de canards fut pour eux. La comtesse en

abattit quatre de deux coups de sa canardière. L'inspecteur fut assez heureux pour en tuer trois.

Le régisseur remonta dans sa barque pour ramasser les victimes.

— Le comte me demande par signe qu'on lui réserve le prochain vol, cria-t-il, il se sent en pleine forme. M. O'Sullivan lui laisse lui-même le champ libre. Je crois bien que ce sera le dernier passage. Le soleil est déjà haut.

— Bien, dit la comtesse avec une touchante complaisance, laissons à mon mari cette dernière occasion.

L'inspecteur était curieux de voir si l'action du bourbon avait heureusement combattu celle du malt-whisky.

Il fut déçu dans cette attente. Le comte lâcha ses deux coups si maladroitement que les plombs allèrent s'égailler dans les roseaux, qui claquèrent autour d'eux. L'inspecteur eut un mouvement d'effroi. Cette chasse devenait dangereuse !

— Il serait temps de rentrer prendre un breakfast bien chaud, dit la comtesse comme si elle avait deviné le tour que prenaient les pensées de l'inspecteur.

Il approuva avec une énergie soudaine. Il en avait assez de ces sports fatigants et inconfortables dont semblaient raffoler les aristocrates.

— Je vais rappeler mon mari et Jonathan, annonça la comtesse.

Elle se leva et agita son écharpe de cachemire en poussant des cris engageants.

— Café bien chaud ! Toasts ! Saucisses ! Œufs brouillés !

— Nous arrivons ! cria Jonathan O'Sullivan de l'autre bout de l'étang.

Il s'était levé ainsi que le comte. Celui-ci ne semblait pas marcher très droit.

Il tourna deux fois sur lui-même et s'éloigna en titubant dans la direction opposée à celle qu'il aurait dû prendre.

— Par ici ! cria la comtesse en agitant son écharpe.

Le comte fit demi-tour et revint sur ses pas.

— Par ici ! s'époumona encore la comtesse en brandissant maintenant sa casquette.

Le vieux comte avança droit devant lui, à travers les roseaux.

De son bateau, le régisseur cria quelque chose que l'inspecteur n'entendit pas. Il remarqua que pour les rejoindre le décorateur avait fait un large détour sur sa gauche en évitant la zone des roseaux.

Le comte de Gammersfield continuait tout droit.

Le régisseur faisait maintenant force de rames vers lui. Il cria encore quelque chose que l'inspecteur ne saisit pas.

— Par ici ! clamait toujours la comtesse, en sautant sur place.

Soudain l'inspecteur n'aperçut plus le chapeau de feutre brun du vieux comte. Était-il tombé dans un trou d'eau ? Il fit mine de s'élancer en avant mais la comtesse le retint.

— Où allez-vous donc ? Vous allez vous tremper les pieds malgré vos bottes.

— Je vais au secours du comte. Je ne l'aperçois plus. Il doit être tombé dans quelque trou.

— Pensez-vous, il aura glissé et a du mal à se relever.

Elle laissa échapper un petit rire.

— Décidément, le bourbon n'agit pas comme un antidote du malt aussi efficacement qu'on me l'avait dit.

Le régisseur avait accosté l'endroit où avait disparu le comte. L'inspecteur le vit tâter le sol avec une rame, puis ramasser quelque chose.

Le régisseur revint vers eux à force de rames. Il sauta sur l'appontement et se précipita vers la comtesse.

— Voilà tout ce qu'il reste de votre mari ! s'écria-t-il, en jetant à ses pieds un chapeau. L'inspecteur Buckingham reconnut le vieux feutre du comte.

— J'ai essayé en vain de l'avertir, gémit le régisseur. Le comte se dirigeait droit sur la fondrière. Il a été englouti en quelques secondes.

La comtesse avait ramassé le chapeau et le contemplait avec tous les signes de la plus vive affliction.

— Quelle horreur ! s'exclama Jonathan O'Sullivan d'une voix vibrante.

L'inspecteur l'avait mis en quelques mots au courant de la tragédie.

— Le vieux comte connaissait pourtant le danger, soupira le régisseur, il y a tant d'accidents. Un petit berger l'année dernière. Un de nos chiens cet été. Cette fondrière aspire les gens comme des sables mouvants. Je ne comprends pas pourquoi le comte s'y est engagé.

— C'est un mystère inexplicable, fit le décorateur d'une voix bouleversée.

La comtesse pressa le chapeau contre son cœur et défaillit. L'inspecteur Buckingham la reçut dans ses bras, presque inconsciente.

— Il faut ramener d'urgence cette pauvre dame au château ! s'écria-t-il. Le choc qu'elle a reçu est trop fort.

Ils conduisirent la comtesse jusqu'à la vieille Land Rover du château. Elle serrait toujours contre son cœur le chapeau de feutre.

— C'est tout ce qui me reste de lui, murmura-t-elle d'une voix faible.

Tout en étant fort touché par le spectacle de cette exemplaire douleur conjugale, l'inspecteur pensa qu'il lui restait tout de même les terres et le château de Gammersfield, sa couronne de comtesse et un emploi enviable — quoique mal payé, disait-elle — auprès de la reine.

⁂

— C'est égal, murmurait le régisseur autour du grand feu de bois qu'on avait allumé dans le salon du château, je ne comprendrai jamais comment le comte a pu s'engager dans cette fondrière dont il connaissait bien l'existence.

L'inspecteur Buckingham pensa, par-devers lui, que le mystère reposait entièrement sur les effets du mélange de trente centilitres de bourbon avec la même quantité de malt-whisky écossais. Il se demanda aussi s'il n'avait pas été invité au château pour qu'il fût témoin que la mort du vieux comte avait été purement accidentelle.

CHAPITRE XX

La police locale manifesta plus de curiosité. Ses enquêteurs errèrent longuement autour de l'étang. Ils relevèrent les positions qu'occupaient tous les chasseurs au moment du drame.

— Vous connaissiez le danger de cette fondrière, firent-ils observer à la comtesse. Elle a déjà englouti des victimes. Elle est aussi redoutable et aussi fameuse dans notre région que les sables mouvants du Mont-Saint-Michel en Normandie.

La comtesse de Gammersfield ne contredit point le policier. En effet, un de ses chiens avait péri cet été dans cet affreux piège.

« En fait, elle avait bien crié quelque chose au vieux comte », se dit l'inspecteur Buckingham, qui asssistait à cet interrogatoire. Il chercha dans son souvenir. Ne lui avait-elle pas lancé en brandissant son écharpe : « Par ici ! Par ici ! »

— Et vous, dit le policier en se tournant vers O'Sullivan, pourquoi n'avez-vous pas retenu le comte ?

— J'ignorais le péril qui le menaçait. Je ne suis pas familier des lieux, plaida le décorateur.

— Cependant, pour rejoindre la comtesse, vous avez vous-même fait un large détour sur votre gauche, fit observer l'inspecteur Buckingham.

Le décorateur resta un instant muet. Puis la parole lui revint d'un coup.

— Je n'avais pas de bottes, mais des chaussures de chasse lacées, expliqua-t-il. Je craignais de me mouiller les pieds en traversant les roseaux.

Le policier abandonna O'Sullivan pour cuisiner le régisseur.

— Vous étiez sur les lieux. D'après ce que nous a dit l'inspecteur Smith, qui participait à cette malheureuse chasse, vous étiez au moment du drame à bord d'une barque.

— En effet, reconnut le régisseur, j'étais allé ramasser, à l'aide de cette embarcation, les canards abattus par les chasseurs, qui flottaient sur l'étang. C'est alors que j'ai vu le comte de Gammersfield s'engager dans les roseaux en direction de la fondrière.

— Sa femme ne l'appelait-elle pas à grands cris ?

— À grands cris, non. Elle lui annonçait que le pique-nique était prêt. Elle était absorbée par le déchargement de son fusil. Elle n'aura pas remarqué que son mari prenait un chemin dangereux.

Cet homme défend sa fille, songea l'inspecteur Buckingham. C'est bien naturel. Il lui avait pourtant confié tout à l'heure son étonnement que le comte se fût engagé, sans que sa femme s'y opposât, dans cette fondrière qu'elle connaissait bien pour y avoir perdu son chien.

— Je dirai à votre décharge, poursuivit le policier à l'adresse du régisseur, que, selon le témoignage du garde, vous vous êtes dirigé vers le comte à force de rames en lui criant quelque chose. Quoi exactement ?

— Tout simplement : « La fondrière ! », « La fondrière ! » Mais il semblait ne pas m'entendre.

L'enquêteur soupira.

— Nous avons trouvé sur les lieux de son affût quelques cadavres de bouteilles. Nous dirons que c'est sans doute notre bonne vieille tisane écossaise qui l'a tué.

Cette brève et définitive oraison funèbre parut tout à fait de circonstance à l'inspecteur Buckingham.

⁂

La police avait fait venir une pelle mécanique pour tenter de récupérer le corps du comte de Gammersfield. Mais toutes les tentatives furent vaines. L'engin faillit même être englouti par les sables mouvants. Cet échec fut accueilli sans beaucoup de regret par la comtesse.

— Voyez-vous, dit-elle à l'inspecteur Buckingham, je m'en réjouis presque. Songez à l'aspect épouvantable que pourrait offrir mon mari après un si long séjour dans cette vase effroyable. Je préfère conserver de lui un souvenir vivant et heureux.

— Vous avez raison. Le spectacle de la mort peut être tout à fait terrible.

La comtesse parut s'abîmer dans une méditation morose. Elle ne dit pas un mot tandis qu'elle regagnait le château en compagnie de l'inspecteur. Jonathan O'Sullivan les avait précédés. Il avait annoncé qu'il partirait le lendemain de bonne heure et voulait préparer sa valise. L'inspecteur vit là un signe de nervosité. Il ne fallait pas tant de temps pour remplir une valise de week-end. L'épisode tragique de la mort du comte avait sans doute ébranlé les nerfs fragiles du décorateur.

⁂

Ce n'est qu'en vue du château que la comtesse de Gammersfield parut s'animer.

— Mon Dieu, murmura-t-elle, quel terrible fardeau !

Elle désignait la silhouette massive du château.

— Comment vais-je pouvoir maintenir cette immense maison, tout en occupant à Londres mes fonctions de Maîtresse des robes de la reine ?

— Monsieur votre père n'est-il pas le régisseur de ce domaine ? fit l'inspecteur, surpris. Ne continuera-t-il pas à exercer cette fonction ?

— Certes. Mais je redoute le poids financier de ce château. Il tombe en ruine. Tout est à restaurer.

— Le domaine ne rapporte-t-il pas quelque revenu ? N'avez-vous pas des fermages ?

— Les fermages ne rapportent rien de nos jours. Surtout quand les fermiers ne sont plus sous l'œil du maître.

— Mais votre père n'est-il pas maintenant le maître de ces fermiers ?

La comtesse de Gammersfield haussa les épaules.

— Mon père ! Mon père ! Il songe surtout à son argent ! Mon mari l'avait intéressé aux profits du domaine.

— J'espère, prononça l'inspecteur Buckingham avec chaleur, qu'il ne songerait pas à dépouiller sa fille.

La comtesse laissa fuser un petit rire amer.

— L'esprit de famille ne compte guère quand la cupidité s'en mêle.

L'inspecteur était déconcerté par cette sortie imprévue. Il avait eu, du premier coup, une impression favorable envers le vieux jardinier devenu régisseur. Et n'avait-il pas tout à l'heure pris la défense de sa fille devant les enquêteurs de la police ?

La comtesse saisit familièrement le bras de l'inspecteur.

— Je crains que la succession de mon mari ne soit l'objet de litiges. À mon détriment. Plusieurs personnes tournent autour de l'héritage. Mon mari me battait froid ces derniers temps. Il était en proie à des accès stupides de jalousie. Il pourrait s'être vengé de ces griefs en me déshéritant. Il m'a parlé plusieurs fois d'un testament qu'il aurait établi.

— Jaloux, votre mari ? Et de qui ? feignit de s'étonner l'inspecteur.

Que le vieux comte portât des cornes ne faisait aucun doute pour lui. Qu'il l'ait su paraissait surprennant. Qui aurait pu le mettre au courant des relations de sa femme avec un Bill Perth ou d'autres valets ?

— Mon mari était jaloux de Jonathan O'Sullivan, trancha la comtesse. Est-ce assez ridicule !

— Ma foi... Si j'en crois les rumeurs, ce monsieur n'est pas très dangereux pour les femmes.

La comtesse de Gammersfield se redressa vivement comme si elle avait été piquée dans son orgueil.

— Ne croyez pas ces ragots, inspecteur, Jonathan a plus de succès féminins que vous ne pourriez l'imaginer.

Elle ajouta avec ironie.

— Dans ce petit peuple anglais, on imagine naïvement que des manières raffinées, voire efféminées, sont un signe de déviation des mœurs. Il s'agit, sachez-le, inspecteur, de jugements grossiers. Grâce à Dieu, il existe encore des Anglais qui ont des manières distinguées.

D'être classé parmi le petit peuple anglais ne mortifia guère l'inspecteur Buckingham. Cette comtesse n'en venait-elle pas, elle aussi ? Dans un régime monarchique, songea-t-il, tout citoyen avait dans son porte-feuille un titre de comte potentiel comme chaque soldat de Napoléon avait son bâton de maréchal dans sa giberne.

L'inspecteur posa une question brûlante.

— Le comte se trompait-il ? N'y a t-il entre vous et Jonathan O'Sullivan qu'une amitié fondée sur l'estime mutuelle ?

— Il n'y a rien d'autre. Nous sommes tous les deux au service de la reine, ce qui nous unit dans un même idéal. D'autre part, Jonathan m'aide à tenir en bon état quelques pièces du château.

— Avec le renfort des meubles de la reine, bien sûr...

— À peine ! À peine ! Quelques vieux guéridons tout au plus. Les gens exagèrent tout ! Nous sommes si jalousés l'un et l'autre.

Elle expliqua à l'inspecteur que le décorateur et elle-même étaient aux premiers rangs de l'*Establishment*, c'est-à-dire du gratin. En tant que membres de la Maison royale, ils faisaient partie de l'élite influente. Pour sa part, son titre de Maîtresse de la garde-robe de la reine la revêtait d'un lustre incomparable. Non seulement elle aidait la reine à choisir ses tenues quotidiennes, mais encore elle se tenait derrière elle aux ouvertures officielles du Parlement.

— Mon emploi n'est pas factice, insista-t-elle, comme celui de Grand Fauconnier, de Maître des Cygnes royaux, ou de Poète royal, toutes charges qui sont purement honorifiques et non rémunérées.

Le front de la comtesse devint soucieux.

— Hélas, je suis fort mal payée. Tel est l'envers de mon beau métier. Et Jonathan est logé à la même enseigne.

L'inspecteur Buckingham laissa errer un sourire sur ses lèvres.

— J'imagine pourtant qu'il doit toucher quelques commissions sur les travaux de décoration qu'il fait au palais. C'est, je crois, la coutume de sa corporation.

— Dans la bonne société, fit la comtesse du bout des lèvres, on ne parle jamais de ces vulgaires questions d'argent.

« On se contente d'encaisser en silence », pensa à part lui l'inspecteur.

CHAPITRE XXI

Le dîner fut singulièrement morose. La comtesse paraissait à la fois abattue et nerveuse, ce que l'inspecteur Buckingham mit sur le compte du chagrin.

Jonathan O'Sullivan semblait encore plus déprimé. Ce qui étonna l'inspecteur, qui n'était pas convaincu que le défunt comte eût occupé une grande place dans le cœur du décorateur.

La situation était embarrassante. L'inspecteur cherchait un sujet de conversation propre à distraire ses hôtes de leur malheur tout en n'étant pas trop futile. Il pensa un instant suggérer que le château allait maintenant être doté d'un nouveau fantôme, mais il se retint de crainte que la comtesse n'y vît une mauvaise plaisanterie. L'inspecteur se contenta de quelques allusions au temps qu'il faisait, ce qui était peu compromettant.

Après le potage, le régisseur vint s'asseoir avec eux, ce dont il s'était abstenu lors des précédents repas où le vieux comte était présent. Sans doute quelque chose avait-il changé dans le protocole depuis la disparition du maître du château.

— Je n'ai rien trouvé ! avait soufflé le régisseur en s'asseyant.

— Moi non plus ! grommela O'Sullivan.

L'inspecteur, ne sachant pas à quoi ils faisaient allusion, décocha un regard interrogateur à la comtesse.

— Ils parlent du testament, soupira-t-elle.

C'était donc pour rechercher ce document dans le château que le décorateur les avait précédés tout à l'heure, conclut l'inspecteur. Il fallait que ce testament fût bien menaçant.

Le décorateur leva les bras au ciel.

— J'ai mis sens dessus dessous la chambre, le bureau et la bibliothèque. J'ai vidé tous les tiroirs. J'ai même regardé sous les matelas ! Rien !

— Peut-être ce testament est-il déposé chez le notaire ? suggéra l'inspecteur Buckingham.

La comtesse pianota sur la table avec irritation.

— Vous pensez bien, inspecteur, que c'est la première chose à laquelle nous ayons songé. Le notaire de la famille n'a aucun testament de mon mari.

Elle avait employé le pronom « nous » en parlant de cette démarche. S'agissait-il d'un pluriel de majesté ? Ou avait-elle voulu dire par ce « nous », O'Sullivan et elle-même ? Qu'avait à faire le décorateur dans cette affaire de testament, strictement familiale ?

Le régisseur, trop occupé sans doute à dévorer l'un des canards de la chasse fatale, n'avait pas levé le nez.

— Je suis effrayé, lança soudain O'Sullivan par les factures de décoration qui nous restent à payer pour les pièces que j'ai fait aménager ici.

Encore le « nous », remarqua l'inspecteur. Cette fois-ci ce n'était pas le « nous » de majesté !

L'inspecteur crut pouvoir placer une réflexion.

— La comtesse, détentrice du titre, pourrait sans doute obtenir de la reine quelque dotation afin qu'elle puisse tenir son rang.

— Ce ne serait qu'un petit ruisseau, grogna le décorateur. C'est une grande rivière qu'il nous faut.

— À condition que le testament ne me déshérite pas, fit sombrement la comtesse.

— Maudit testament ! gronda O'Sullivan. S'il existe, il faut que nous remettions la main dessus.

Ce qu'il pouvait bien y avoir dans ce « maudit testament », c'est ce que l'inspecteur Buckingham hésitait à se faire préciser. Après tout, il ne faisait pas partie de la famille.

⁂

C'est au fumoir que les choses prirent tournure pour l'inspecteur Buckingham. Le régisseur l'avait entraîné à l'écart.

— Inspecteur, j'ai besoin de vos conseils.

— Je suis, monsieur, à votre disposition. N'êtes-vous pas mon hôte ?

— Je vous remercie de vous en être aperçu.

— Il semble, ajouta l'inspecteur, pensif, que tout le monde aurait ici besoin de conseils. La mort de ce malheureux comte semble laisser chacun désemparé.

— Je le suis plus que quiconque. Et c'est à cause de ce maudit testament.

— S'il existe !

— Il existe !

— Vous l'avez vu ?

— Mieux que cela, je l'ai dans ma poche !

Sous prétexte d'aller écouter le rossignol qui chantait au fond du parc, l'inspecteur Buckingham avait entraîné le régisseur loin des oreilles indiscrètes.

— Où avez-vous trouvé le testament ? demanda-t-il.

— Je ne l'ai pas trouvé. Je l'avais. Le comte me l'a remis après l'avoir rédigé, il y a quelques mois. Il pensait que ce dépôt serait en sûreté entre mes mains. Il avait en moi une confiance illimitée.

— Il me semble, fit l'inspecteur d'une voix prudente, que vous ne répondiez pas tout à fait à cette confiance illimitée. Pourquoi n'avez-vous pas communiqué ce testament à votre fille ?

— Je le ferai. Mais pas tout de suite.

— Pourquoi ?

— Je ne veux pas ajouter au terrible chagrin qui l'écrase déjà. La lecture de ce testament serait un trop grand choc pour elle.

— Il la déshérite ?

— En partie seulement. Le comte lui laisse les terres et le château. En revanche, il dispose de son titre de comte en faveur d'un autre héritier.

— En avait-il le droit ?

— Oui, surtout si l'héritier est son fils.

— Mais le comte n'a pas d'enfant !

— C'est ce qui vous trompe, lisez plutôt.

⁂

« Ceci est mon testament

« Je lègue à mon épouse, Maud de Gammersfield, mon château et les terres attenantes. Je pose comme condition que son père, mon régisseur, continuera à gérer ces propriétés et à recevoir le salaire de mille livres par mois que je lui ai octroyé, augmenté d'une participation de vingt pour cent sur les bénéfices du domaine. Je désire que ma femme, qui, à cause de ses origines modestes, a tendance à être dure avec les petites gens, n'ait aucun contact avec les fermiers et fournisseurs du domaine. Mon mariage a été une erreur. Toute mésalliance fait souffrir l'une et l'autre partie et exalte ses mauvais côtés.

« Reste mon titre de comte. En aucun cas, il ne peut revenir à ma femme qui n'était à mes yeux, en quelque sorte, qu'une comtesse consort. Moi disparu, elle rentre dans le rang.

« Je lègue mon titre à Edward Crosby, fils de l'institutrice du village de Gammersfield. Par le présent document, je le reconnais pour mon fils. J'ai eu cette liaison dans ma jeunesse et je me suis toujours reproché de ne pas m'être occupé de cet enfant, qui a été déclaré de père inconnu. Cette faute est donc ainsi réparée.

« Je confie ce testament à une personne sûre qui aura, j'en suis convaincu, à cœur de ne pas tenir compte de ses intérêts privés pour le faire exécuter. »

⁂

L'inspecteur Buckingham rendit le testament au régisseur.

— C'est en effet, dit-il, une remarquable marque de confiance que de vous confier l'exécution d'un testament qui prive votre fille d'un grand avantage. Quand allez-vous le divulguer ?

— Comme je vous l'ai dit, j'attends que la douleur de ma fille se soit atténuée.

L'inspecteur hocha la tête avec incrédulité.

— Il ne semble pas que votre fille nourrisse un grand désespoir de la disparition de son mari. Et je ne pense pas que vous le croyiez plus que moi.

Le régisseur garda un silence embarrassé.

— Je ne veux pas vous mentir plus longtemps, inspecteur. Si j'ai gardé par-devers moi ce testament, c'est que je compte m'en servir comme d'un test.

Et, se penchant à l'oreille de l'inspecteur Buckingham, il lui confia son plan.

⁂

— Je pense, dit l'inspecteur Buckingham à Jonathan O'Sullivan, que vous avez peut-être mal cherché ce testament.

Il était revenu au fumoir avec le régisseur. Ils avaient cependant fait un petit détour par le bureau de feu le comte.

— J'ai fouillé tous les endroits où il peut raisonnablement être, rétorqua le décorateur.

— Avez-vous pensé à chercher dans les endroits où il *ne peut pas* être raisonnablement ? murmura l'inspecteur.

La comtesse le coupa d'un air agacé.

— On ne peut pas démontrer tout le château pierre par pierre.

— Certes, convint l'inspecteur, mais ce n'est pas cela que je suggérais. Je pensais plutôt à un détail qu'Edgard Poe souligne dans sa nouvelle *La lettre volée*. Il s'agit dans ce récit d'un document important dérobé à un ministre par un maître chanteur. La police chargée de le retrouver met sens dessus dessous l'appartement du voleur, démonte le plancher, sonde les matelas, dévisse les pieds des chaises sans le retrouver. C'est que le maître chanteur l'avait tout simplement laissé bien en vue, glissé parmi de vieux reçus, de vieilles factures jetés dans un classeur fatigué posé sur son bureau. La police n'avait même pas regardé dans ce classeur, n'imaginant pas qu'un document aussi précieux pût être aussi mal dissimulé.

— Je ne vois pas où vous voulez en venir, maugréa le décorateur.

— Je suggère que ce testament peut être posé quelque part de façon si évidente que vous ne l'avez pas aperçu. Peut-être est-il posé simplement sur un buffet, sous une bouteille ou dans le vide-poches de la cuisine. Ou accroché à un mur...

Jonathan O'Sullivan s'était levé d'un bond.

— Je comprends ! s'écria-t-il. Si le comte avait rédigé un testament, il voulait que ce document ne se perde pas, ne passe pas inaperçu !

— Exactement. Il l'aura donc laissé bien en évidence dans son bureau ou dans sa chambre.

— Tellement en évidence que je ne l'ai pas vu.

— Voilà.

Le décorateur quitta en trombe la salle à manger. On l'entendit fourrager dans le bureau voisin, puis dans la chambre du comte.

Au bout de dix minutes, O'Sullivan revint. Il affichait une mine contrariée.

— J'ai appliqué votre foutue méthode, lança-t-il à l'inspecteur. Mais ça n'a rien donné.

L'inspecteur haussa les épaules d'un air de regret.

Jonathan O'Sullivan s'approcha de la comtesse et murmura quelque chose à son oreille. L'inspecteur Buckingham profita de ce qu'ils étaient occupés par cet aparté pour se glisser jusqu'à la porte du bureau, l'entrouvrir et jeter un coup d'œil dans la pièce. Le testament qu'il avait punaisé au mur dans son enveloppe blanche avait disparu. Il alla jusqu'au régisseur et lui parla en confidence.

— Il l'a pris !

— Le salaud ! Et il dit qu'il n'a rien trouvé !

— Il faut qu'il ait bien envie de faire plaisir à la comtesse !

— Le plaisir sera éphémère puisque j'ai, comme vous vous en doutez bien, fait photocopier ce testament. C'était même en présence de mon notaire personnel chez lequel j'ai laissé cette copie en dépôt.

— Pourquoi à votre avis, demanda l'inspecteur, cet O'Sullivan s'est-il emparé du testament sans en parler à personne ?

— Sauf peut-être à ma fille. J'imagine qu'ils projettent tous les deux de le détruire, si ce n'est déjà fait.

— Afin que la comtesse conserve le titre de son mari ?

— Sans doute. Tout ça ne me plaît pas. Je suis content que ma petite ruse ait montré que ce décorateur irlandais — sale race ! — mijotait quelque chose à propos de ce titre de comte. Ces gens-là sont toujours à l'affût d'un complot. Je ne comprends pas que la reine lui accorde sa confiance.

— La reine apprécie surtout ses talents de décorateur.

— Eh bien moi, je n'apprécie pas qu'il entraîne ma fille dans une forfaiture. Comment appeler autrement un détournement de testament ?

C'était également l'opinion de l'inspecteur Buckingham. Il lui restait toutefois à insérer ces faits nouveaux dans la trame de ses intuitions. Il avait l'impression d'avoir saisi un éclair par la queue et de ne savoir qu'en faire.

⁂

L'inspecteur Buckingham revint au centre de la pièce et annonça froidement qu'il prenait congé. Le régisseur allait le conduire à Leeds.

— À cette heure-ci ! s'écria la comtesse. Mais vous ne trouverez plus de trains à Leeds en direction de Londres ?

— J'ai un ami dans cette ville qui me conduira à Londres dans son avion privé.

Il inventait sans vergogne ce mensonge. En fait, il passerait la nuit dans le premier hôtel venu. Il ne se sentait pas le courage de passer une autre nuit dans ce château, hanté non par des fantômes, mais par des personnages diaboliques non moins redoutables.

⁂

Le régisseur, qui avait amené son antique Land Rover devant le perron du château, klaxonna légèrement. L'inspecteur Buckingham hâta ses adieux. Il sauta dans la Land Rover et se retourna pour faire un au revoir de la main. Il ne put retenir un haut-le-corps : sur le perron du château, Jonathan O'Sullivan et la comtesse de Gammersfield s'étreignaient d'une façon que le désarroi du deuil n'expliquait pas complètement. Surtout lorsque l'étreinte se terminait par un baiser sur la bouche !

⁂

Sur la route de Leeds, le régisseur garda le silence. L'inspecteur eut l'impression que ce silence était lourd d'arrière-pensées. Le vieil homme en se taisant voulait en quelque sorte marquer qu'il avait beaucoup de choses à dire, mais qu'il préférait les garder pour lui. Les événements tragiques qui s'étaient déroulés au château, pendant la nuit du fantôme et la partie de chasse aux canards pouvaient prêter à maintes supputations malveillantes. Le régisseur ne voulait-il pas laisser entendre par son mutisme qu'il préférait ne pas ouvrir la bouche car tout commentaire qu'il émettrait ne pourrait que nuire à sa fille ?

L'inspecteur, persuadé maintenant que la comtesse et le décorateur étaient de rusés compères, se demandait avec perplexité pourquoi ils l'avaient convié à participer à ce week-end. Car il ne doutait pas que la comtesse eut lancé cette invitation avec l'accord d'O'Sullivan. S'ils étaient coupables de l'avoir organisée, il était étrange qu'ils n'aient pas hésité à le rendre témoin des circonstances suspectes de la mort du vieux comte.

Ou alors, avaient-ils besoin justement de lui pour qu'il déposât devant les policiers du comté qu'il n'avait rien remarqué d'anormal ? Ce qu'il avait été bien contraint de faire.

Et s'ils n'avaient eu pour principal souci que de l'éloigner de Londres et du palais de Buckingham, comme si c'était là que se trouvait la clef du meurtre des deux valets ? L'inspecteur en déduisit que ce double crime avait bien pour cause une affaire de drogue et que la comtesse et le décorateur y étaient peut-être mêlés, indirectement ou non. En l'éloignant des lieux de l'enquête, ils gagnaient du temps et permettaient à d'éventuels complices de brouiller les pistes.

Ou encore *voulaient-ils le lui faire croire ?*

À ce point de ses réflexions, l'inspecteur Buckingham décida de les suspendre provisoirement. Si la Providence souhaitait que les criminels fussent découverts, il lui appartenait de lui envoyer un signe !

D'un coup de poing, il enfonça son melon jusqu'aux sourcils, se renfonça dans son siège et ferma les yeux.

CHAPITRE XXII

— Mon pauvre ami, compatit Phil Gail, vous n'avez vraiment pas de chance ! Pour une fois que vous alliez en week-end dans une résidence seigneuriale, vous tombez sur un drame.

— En plus, soupira l'inspecteur Buckingham, j'ai pris un mauvais rhume au bord de cet étang.

— Puis-je vous conseiller un grog au whisky avec un demi-citron ? Peu de rhumes y résistent.

L'attaché de presse appuya sur un bouton. Un instant plus tard, sa secrétaire entrouvrit la porte et passa la tête.

— Vous avez besoin de moi, sir ?

— Oui. Auriez-vous la bonté de demander aux cuisines qu'on me fasse monter un grog spécial whisky-citron.

— Spécial ?

— Spécial. C'est-à-dire double.

— Merci, dit l'inspecteur Buckingham, en se mouchant discrètement.

À peine deux minutes plus tard, il plongeait son nez écarlate dans la bienheureuse vapeur qui s'échappait d'un grand verre de cristal rempli de whisky brûlant.

— Certes, la reine nous paye mal, fit observer Phil Gail, mais nous jouissons de toutes les facilités de son palais.

Comme pour illustrer son propos, un valet en uniforme brodé entra, s'inclina et tendit une carte à l'inspecteur.

— Je ne vous ai pas trouvé à votre bureau, inspecteur, mais vos collègues m'ont dit que vous étiez monté au service de presse. Je suis heureux de vous y avoir trouvé.

L'inspecteur Buckingham, charmé de ce courtois discours, faillit se lever et saluer. Il se rappela à temps qu'il n'avait affaire qu'à un simple valet. La carte portait, gravé, le nom suivant : John B. Atkins-Fergusson Junior, 37 Park Avenue, New York. Et, au-dessous, ces mots griffonnés : « Je sollicite une entrevue avec vous, monsieur l'Inspecteur. »

Un Américain. Sans doute milliardaire, étant donné son adresse prestigieuse. Encore un de ces outrecuidants Yankees qui essayaient de se faire inviter aux garden parties de la reine sans autre titre que leur fortune !

L'inspecteur Buckingham avala rapidement le reste du grog, avant de rejoindre son bureau. Comme il se hâtait dans les interminables couloirs du palais, il constata avec satisfaction que son maudit rhume semblait s'être envolé avec les vapeurs du grog. Il n'en fut pas autrement surpris. N'était-ce pas le whisky de la reine ?

⁂

— Vous allez être étonné, inspecteur, de l'objet de ma visite, commença John B. Atkins-Fergusson Junior, qui s'était carré dans l'unique fauteuil du bureau et avait allumé un énorme cigare sans en demander le moins du monde la permission.

— Rien ne saurait m'étonner de la part d'un Américain, fit l'inspecteur, mi-figue, mi-raisin.

— N'est-ce pas ? Nous ne sommes pas aussi timides et réservés que vous, les gens craintifs qui êtes restés au pays tandis que nous émigrions.

— Vous êtes un grand peuple, approuva l'inspecteur en agitant discrètement sa main pour écarter la fumée. Je reconnais vos mérites. Puis-je vous demander d'y ajouter la courtoisie en me faisant, sans plus attendre, connaître l'objet de votre visite ?

L'Américain se tut un instant, soufflé par ce discours, de ce genre elliptique qu'affectionnent les Britanniques. Il lâcha une énorme bouffée de son cigare, reprit de l'aplomb et lança d'une voix assurée :

— Bien entendu, je viens pour les vieilles pierres... et pour une pierre en particulier. Écoutez bien, vous allez être épaté.

— Les vieilles pierres ? Seriez-vous architecte ?

L'Américain regarda l'inspecteur d'un air offensé.

— Architecte ! Je n'apprécie guère la plaisanterie, inspecteur !

— Mais... les vieilles pierres, avez-vous dit.

— Il s'agit de pierres précieuses. Ignorez-vous que j'en suis l'un des plus grands collectionneurs mondiaux ?

— Excusez-moi, se hâta de lancer l'inspecteur, cela m'était sorti de la tête.

— Ma collection new-yorkaise est célèbre dans tout l'univers.

— Bravo ! Et quelle est la raison de votre démarche auprès de moi ?

— J'allais y venir. J'ai fait le déplacement de New York parce que je m'intéresse aux bijoux de la reine. Ah, les bijoux de la reine ! Savez-vous, inspecteur, que sa collection est la seule qui surpasse la mienne. Ah ! Le Koh-i-Noor, l'Œuf de Canard, et le plus gros diamant du monde, le Great Star of India qui orne le globe royal, un diamant de cinq cent trente carats, qui peut, si la reine le souhaite, être aussi porté en pendentif. Il y a enfin les pierres admirables qui ornent les couronnes royales.

— Certes, tout cela est passionnant, fit l'inspecteur Buckingham dont une légère lassitude due à la fois au whisky chaud et à cette fastidieuse énumération alourdissait les paupières.

L'Américain écrasa son cigare sur le talon de sa chaussure et le jeta dans la corbeille à papier.

— Si je suis venu vous voir, inspecteur, ce n'est pas pour vous instruire de ces détails que vous connaissez mieux que moi, mais pour vous parler de l'exposition des cadeaux reçus par la reine.

L'inspecteur Buckingham ouvrit un œil.

— L'exposition ? Celle de la Grande Galerie peut-être ?

— Exactement. Il s'agit de cette vitrine où sont présentés les objets d'art, les bijoux et les pierres précieuses reçus en cadeau par la reine, de la part de gouvernements ou de souverains étrangers. J'ai été véritablement fasciné par le reportage qu'a publié le magazine américain *Woman's Day* sur cet étalage de merveilles. J'en ai pris connaissance avant-hier à New York. J'ai été particulièrement intéressé par l'émeraude.

— L'émeraude du sultan d'Oman ? s'écria l'inspecteur. Il était tout à fait éveillé maintenant.

— Une pierre de quatre cents carats, unique au monde par son eau et par sa taille. J'ai été vraiment épaté en contemplant sa photographie.

— Une pièce admirable, commenta l'inspecteur d'un air pénétré.

L'Américain alluma un nouveau cigare, sans davantage en demander la permission.

— Voyez-vous, inspecteur, ce qui m'a surtout stupéfait quand j'ai contemplé la photographie de cette pierre, c'est que, la veille, j'avais acquis une émeraude exactement semblable par la grosseur et la taille. J'ai pu m'en convaincre en posant mon émeraude à côté de la photo de celle du sultan d'Oman que *Woman's Day* avait publiée en grandeur réelle. La même pierre que la mienne, vous dis-je ! Comment cela était-il possible !

— C'était tout à fait impossible, convint l'inspecteur.

— Deux pierres de cette dimension et taillées de la même façon ! J'ai cru avoir perdu la raison.

— Je suis persuadé que vous portiez sur vous-même un jugement hâtif.

— En effet, je n'étais pas fou. Je vous en donnerai pour preuve la photo de *Woman's Day*. Voici le numéro de cette revue. J'ai coché la page.

L'inspecteur examina la photo.

— J'ai déjà contemplé l'émeraude du sultan dans la vitrine de la Galerie de peinture, dit-il. Cette reproduction est vraiment parfaite.

— Et cela, qu'en dites-vous ?

L'Américain avait posé à côté de la photo une énorme émeraude.

— Ça, c'est la mienne. On dirait une copie de l'autre.

— En effet, murmura l'inspecteur, ces deux pierres se ressemblent étrangement.

— Pour être sûr que je n'étais pas en train de débloquer, j'ai aussitôt sauté dans le premier Concorde pour tirer ici même cette affaire au clair.

John Atkins-Fergusson Junior ajouta avec simplicité :

— Et me voici.

⁂

L'inspecteur Buckingham escorta l'Américain jusqu'à la Galerie de peinture de la reine. Penchés tous deux sur la vitrine, ils comparèrent les deux pierres.

— Pas de doute. Elles se ressemblent absolument, murmura l'inspecteur.

— Il faut que l'une des deux soit un faux ! s'écria l'Américain, et ça ne peut pas être la mienne.

— Vous êtes bien sûr de vous !

— Tout à fait. Nous sommes collectionneurs de pierres précieuses de père en fils, dans la famille Atkins-Fergusson. Je m'y connais mieux que le plus brillant expert. L'authenticité de mon émeraude est indiscutable.

— Et pourtant celle de l'émeraude de la vitrine l'est tout autant.

— Qu'en savez-vous ? Tous ces sultans arabes sont des truqueurs !

— Je l'ai fait expertiser il y a quelques jours par un des plus grands bijoutiers de Londres. Il m'a certifié qu'il s'agissait bien d'une vraie émeraude.

L'Américain couvrit l'inspecteur Buckingham d'un regard soupçonneux.

— Pourquoi aviez-vous fait faire cette expertise ? Aviez-vous des doutes ?

— Disons que j'avais de légers doutes.

— Pourriez-vous être plus précis.

— Non.

John Atkins-Fergusson Junior mâchonna son cigare avec irritation et recracha un brin de tabac sur la moquette de la reine.

— Je vois, dit-il d'une voix grinçante, que les flics britanniques sont aussi prétentieux que les nôtres.

L'inspecteur Buckingham se garda de prendre la mouche. Un gentleman ne se fâchait pas contre un enfant mal élevé.

— Je vais vous donner l'occasion, mon cher monsieur Atkins-Fergusson, fit-il d'une voix suave, de me trouver encore plus prétentieux. Puis-je connaître les circonstances dans lesquelles vous vous êtes rendu propriétaire de cette pierre ?

— Question prétentieuse en effet. Pourquoi vous répondrais-je ?

— Parce que cet achat pourrait bien être en rapport avec une affaire criminelle, savez-vous ? Je voudrais vous éviter d'y être impliqué.

L'Américain s'agita avec gêne sur son fauteuil.

— Vous m'embêtez, inspecteur. Je n'ai pas acquis cette pierre de façon très régulière. Je crois que j'ai omis de payer certaines taxes.

— Vous voulez dire que vous l'avez achetée plus ou moins clandestinement à un particulier ?

— Qui désirait conserver l'anonymat.

— C'est bien imprudent de votre part. Il pouvait s'agir d'une pierre volée.

— Aucune chance. La vieille maharané qui m'a vendu cette pierre la tenait de ses ancêtres. Elle était obligée de s'en séparer à cause de revers de fortune. Vous savez que les radjahs et maharadjahs indiens ont perdu leurs titres et la plus grande partie de leurs biens depuis l'indépendance de leurs pays.

— Une maharané ? Vous a-t-elle dit son nom ?

— Elle désirait le garder secret. C'était une telle honte pour cette noble dame de brader les trésors de ses ancêtres. Je lui ai même promis de ne révéler à personne que j'étais devenu le propriétaire de cette pierre extraordinaire. Il a fallu que paraisse ce reportage de *Woman's Day* pour que je rompe mon serment.

— Combien avez-vous payé cette émeraude ?

— Sept millions de dollars. Par chèque, sur la Chase Manhattan Bank.

— Un chèque sans ordre ?

— Le nom du bénéficiaire avait été laissé en blanc.

L'inspecteur Buckingham retournait dans sa tête toutes ces révélations.

Il était si concentré que l'Américain s'inquiéta.

— Des soucis, inspecteur ?

L'inspecteur Buckingham releva la tête. Un léger sourire fleurissait sur ses lèvres.

— Non, monsieur Atkins-Fergusson, mes soucis commencent à se dissiper. Je crois que je tiens le bout du fil.

À ce moment, un roulement bruyant se fit entendre derrière les portes de la Galerie de peinture, qui donnaient sur les appartements royaux.

— Qu'est-ce que ce bruit de tambour ? s'étonna John B. Atkins-Fergusson Junior. Déjà la relève de la garde ? Ou est-ce une de vos révolutions européennes ?

— Non, le rassura l'inspecteur Buckingham, c'est l'heure du repas des corgis de la reine. Elle tient à le leur donner elle-même dans son boudoir. D'où ce roulement de tonnerre provoqué par les quarante-huit pattes de ses douze chiens.

L'Américain donna une grande tape dans le dos de l'inspecteur.

— Bravo ! J'en suis heureux pour la reine. Alors qu'allons-nous faire, Sherlock Holmes, au sujet de cette affaire d'émeraude ?

— Nous allons, je crois, devoir expertiser ces deux pierres.

— Pas besoin d'expertiser la mienne. Elle est authentique. Pas le moindre doute.

— Il faudra donc faire expertiser celle de la vitrine.

— Mais vous m'avez dit que vous l'aviez fait faire il y a quelques jours !

— Bien des choses peuvent changer en quelques jours, dit l'inspecteur d'un air énigmatique.

CHAPITRE XXIII

C'est avec un certain embarras que l'inspecteur alla trouver l'expert de la bijouterie Paul Longmire.

— Quoi ! Encore une expertise de cette émeraude ! s'exclama l'expert. Mais nous en avons déjà fait une. J'ai été profondément gêné de cette démarche. Il n'est pas question de recommencer. Je suis sûr de mon diagnostic. Cette émeraude est authentique.

— Elle l'était.

— Pourquoi ne le serait-elle plus ? Cette histoire est absurde.

— Bien des choses peuvent s'être produites en quelques jours.

— Insinueriez-vous qu'un faux aurait pu être substitué entre-temps à la véritable pierre ?

— Je n'insinue rien. J'ai simplement des doutes.

L'expert leva les bras au ciel.

— Je crains, inspecteur, que votre raison ne souffre d'un certain déséquilibre.

C'est parfois ce que se demandait l'inspecteur depuis la visite de l'Américain.

— Je vous supplie, murmura-t-il humblement, de me faciliter les choses. Je suis embarqué dans une enquête très épineuse.

— Une enquête de quel genre ? questionna l'expert, soupçonneux.

— Une enquête criminelle. Je ne peux vous en dire plus.

L'expert frappa du poing sur son bureau.

— Je ne veux plus rien avoir à faire avec cette extravagante aventure. Trouvez un autre expert.

— Je regrette. Mais c'est de vous dont j'ai besoin. S'il y a eu substitution, vous serez le seul à pouvoir en témoigner.

— En témoigner ? Devrais-je donc aller devant un tribunal ?

— Vous devrez témoigner devant les autorités de Scotland Yard. Si vous vous dérobiez à votre devoir, je serais obligé de les avertir.

L'expert baissa la tête, accablé.

— C'est bon, inspecteur, je vous suis. Mais je vous préviens, c'est la dernière fois. Je ne me prêterai pas à une troisième, à une quatrième ou à une cinquième expertise. Je ne suis pas l'esclave de vos fantaisies.

— Cette nouvelle expertise suffira, lui assura l'inspecteur Buckingham, en priant saint Georges pour que ce soit bien le cas.

⁂

L'inspecteur Buckingham n'éprouva pas moins d'embarras en allant, une nouvelle fois, demander au Gardien de la Maison des bijoux de la reine de lui ouvrir la vitrine de la Galerie de peinture.

— Soupçonnez-vous encore le prince Andrew d'avoir substitué un faux à l'un des objets d'art exposés ? s'étonna le vieux gentleman.

L'inspecteur se récria. Une pareille pensée ne lui était jamais venue à l'esprit.

— C'est vous, monsieur, qui aviez émis cette hypothèse, lorsque nous avions une première fois examiné cette émeraude.

— Une première fois ! Vous n'allez pas me dire qu'il s'agit encore de cette pierre !

— Hélas ! J'en suis désolé. Mais je dois procéder à une ultime vérification.

— Je crains, inspecteur, que vous ne vous entouriez pas d'experts d'une grande compétence. Je vous aurais volontiers conseillé ceux de Harry Winston.

— Ils se sont récusés. Ils ne veulent pas être mêlés à des faits divers. J'ai fait appel cette fois-ci, comme la précédente, à un expert de la bijouterie Paul Longmire.

— C'est une excellente maison, approuva le vieux dignitaire.

Il se risqua à suivre l'inspecteur Buckingham jusqu'à la Galerie de peinture où les attendaient l'expert de Paul Longmire et John B. Atkins-Fergusson Junior.

Le Gardien de la Maison des bijoux de la reine ouvrit la vitrine avec l'air inspiré d'un archéologue qui pénétrerait dans le tombeau d'un pharaon.

— Voilà, messieurs, dit-il avec componction en désignant l'étalage de trésors scintillants.

L'Américain se précipita, son émeraude à la main.

— Voyez ! s'écria-t-il, en posant sa pierre à côté de celle de la vitrine. C'est exactement la même.

L'expert se pencha, une loupe à la main.

— Étonnant, fit-il, votre pierre est la copie exacte de l'émeraude de la reine.

John B. Atkins-Fergusson Junior fit un bond en arrière, brandissant son émeraude dans son poing crispé.

— Mais c'est l'émeraude de la reine qui est une copie de la mienne ! vociféra-t-il.

Le Gardien de la Maison des bijoux de la reine poussa à son tour une exclamation scandalisée. Depuis qu'ils avaient conquis leur indépendance avec l'aide de ces méprisables grenouilles françaises, ces Américains ne respectaient plus rien.

L'expert tenta de s'emparer de l'émeraude de l'Américain.

— Allons ! Donnez-moi votre pierre que je l'expertise.

— Jamais ! Je n'ai pas besoin de votre avis. Je suis sûr de son authenticité. Examinez plutôt la prétendue véritable émeraude de cette foutue vitrine royale.

Le Gardien de la Maison des bijoux de la reine eut un haut-le-corps.

— Monsieur, on ne parle pas ainsi dans le palais de la reine !

— Un palais de voleurs, gronda Atkins-Fergusson Junior, où l'on est obligé de faire venir les flics pour savoir si la reine expose ou non des faux patents.

Le teint du vieux serviteur de la reine tournait à l'écarlate. L'inspecteur Buckingham craignit de le voir succomber à une attaque. Il intervint d'une voix conciliante.

— Voyons, monsieur Atkins-Fergusson, ne nous rendez pas les choses trop pénibles. Montrez votre émeraude à notre expert, afin qu'il l'examine.

— Pas question, vous dis-je ! Je considérerais cela comme une insupportable offense à mes compétences.

L'Américain ajouta sobrement :

— Et puis je me méfie. Qui me dit que cet homme ne va pas procéder à une substitution ?

Ce fut autour de l'expert de se fâcher.

— Dans ces conditions, inspecteur, je préfère me retirer.

L'inspecteur Buckingham songea à la boutade de Bernard Shaw : « Rien ne sépare les Anglais des Américains, sauf la langue. » Il l'aurait volontiers, en la circonstance, aggravée : « Tout sépare les Anglais des Américains, même la politesse. »

Il prit à part l'expert :

— N'en veuillez pas à cet Américain. Il a les défauts de ses compatriotes, mais ce n'est pas un méchant homme. Il faut excuser son humeur. Songez qu'il a payé sa pierre sept millions de dollars. Il n'est pas prêt à accepter l'idée qu'il s'est fait rouler.

Le visage de l'expert s'éclaira.

— Je vais examiner l'émeraude de la reine en premier,

trancha-t-il. S'il s'avère qu'elle est véritable, comme je l'ai constaté déjà il y a quelques jours, il faudra en déduire que la pierre de l'Américain est un faux. Pas besoin de l'examiner. Il ne peut exister deux émeraudes identiques de la même grosseur et taillées de la même façon.

L'expert s'empara de l'émeraude de la vitrine et l'observa à la lueur d'une petite lampe électrique qu'il avait tirée de sa poche. Son inspection fut brève. Il reposa l'émeraude dans la vitrine, d'une main qui tremblait. Son visage reflétait la plus intense stupeur.

— Ce n'est pas possible ! balbutia-t-il, c'est incompréhensible !

— Que se passe-t-il ? s'inquiéta l'inspecteur Buckingham.

— Cette pierre est un faux !

⁂

L'expert et l'Américain trinquèrent jovialement.

— Pardonnez-moi mon mouvement d'humeur ! fit John B. Atkins-Fergusson Junior.

— Je vous le pardonne aisément. Sept millions de dollars étaient en jeu.

L'inspecteur Buckingham avait emmené les deux hommes sceller leur réconciliation au bar du personnel, au rez-de-chaussée du palais. Il avait auparavant raccompagné à ses quartiers le Gardien de la Maison des bijoux de la reine, lui faisant promettre de garder le secret sur ce terrible épisode.

— Le secret ! avait protesté le vieux gentleman. Mais il est de mon devoir de mettre la reine au courant.

— La reine seulement, concéda l'inspecteur. N'en soufflez mot à personne d'autre jusqu'à demain soir. Après, vous pourrez vous répandre en potins dans tous les couloirs du palais.

— Oh ! Des potins, moi, inspecteur ! Vous me prenez pour une de ces dames de la garde-robe de la reine.

L'inspecteur s'excusa, bien qu'il sût parfaitement que tout le personnel du palais, depuis les valets jusqu'aux barons, comtes et marquis qui occupaient les plus hautes charges, était encore plus avide de potins que les courtisans de la futile cour de Versailles française.

⁂

L'inspecteur Buckingham choqua son verre avec ceux de ses deux invités.

— Vous avez l'air bien joyeux, inspecteur, lança l'expert. Cette substitution de pierres dans la vitrine de la reine devrait pourtant vous préoccuper.

— Il se trouve, répondit l'inspecteur d'une voix un peu mystérieuse, que cet événement se met à sa place dans un certain puzzle sur lequel je travaille.

— Vous êtes bien énigmatique, lança l'Américain.

— Si vous me faites la grâce de me recevoir demain vers quinze heures, monsieur Atkins-Fergusson, dans votre suite de l'hôtel Dorchester, en compagnie de divers comparses, je crois que les choses ne tarderont pas à vous apparaître moins énigmatiques.

L'inspecteur se tourna vers l'expert.

— Vous êtes aussi convié, cher ami, à cette petite réunion.

— Volontiers. J'espère qu'y sera éclaircie ce qui est pour moi la plus grande des énigmes que j'aie jamais rencontrée. Comment se fait-il que l'émeraude de M. Atkins-Fergusson que j'ai pu enfin examiner, maintenant que nous sommes réconciliés, soit exactement la même que celle que j'avais expertisée il y a environ une semaine dans la vitrine de la Galerie de peinture ? J'y retrouve les mêmes taches, les mêmes crapauds.

— Je pense, dit l'inspecteur Buckingham, que cette étrange coïncidence vous apparaîtra alors fort claire.

En raccompagnant l'expert dans une des voitures du

« Royal Protection Group », l'inspecteur Buckingham fit encore appel à sa science.

— Par quel procédé, cher monsieur, peut-on copier avec cette exactitude une pierre authentique ?

— Les procédés sont nombreux. On peut partir d'un cristal teinté dans la masse qu'il faudra alors tailler. Gros travail. On peut aussi prendre l'empreinte de la pierre et en établir une copie en résine. On fait aujourd'hui des matières plastiques qui permettent d'obtenir des ressemblances étonnantes avec les vraies pierres. Bien sûr, leur poids n'est pas le même et ces copies se trahissent au toucher : elles se réchauffent beaucoup plus rapidement dans la main.

— Combien de temps faudrait-il à un habile faussaire pour prendre une empreinte d'une pierre précieuse et en couler dans le moule ainsi obtenu une copie en résine ?

— En faisant vite, il faut compter cinq minutes pour établir le moule à l'aide d'un plâtre à prise rapide. Et dix autres minutes pour couler la résine et la laisser refroidir.

— Donc au total, un quart d'heure.

— Un peu plus, un peu moins, selon la rapidité de prise du plâtre.

— Je vous remercie, c'est tout ce que je voulais savoir, dit l'inspecteur.

Et il murmura, comme pour lui-même : « Nous sommes dans les temps. »

Il ne lui restait plus qu'à fourbir ses armes pour la confrontation qu'il se proposait d'organiser dans la suite qu'occupait l'Américain à l'hôtel Dorchester. Un établissement de luxe, mais d'un vrai chic anglais. Il était surprenant qu'un Yankee l'ait choisi de préférence au Hilton ou au Sheraton. Le nouveau monde se civilisait !

CHAPITRE XXIV

L'un des éléments du plan de l'inspecteur Buckingham était d'avertir la comtesse de Gammersfield du résultat de cette expertise. Il était fort curieux, en effet, d'observer sa réaction.

Il alla donc frapper à sa porte. Elle lui ouvrit, l'invita à entrer et, comme à sa précédente visite, arrangea les fleurs qui garnissaient la vasque d'argent sur sa commode. Par l'effet du hasard, sans doute, les feuillages qui accompagnaient les fleurs cachaient une nouvelle fois les anses du récipient.

— Un thé ? proposa la comtesse.

— Je boirais bien quelque chose de plus fort, hasarda l'inspecteur, si toutefois vous êtes en mesure de me l'offrir.

Il riait sous cape. Il se souvenait du grand nettoyage accompli huit jours auparavant par les femmes de ménage, qui avait ramené de dessous le lit de la comtesse un nombre respectable de bouteilles vides.

— Je pourrais vous proposer un jus de tomate, lança la comtesse d'une voix perchée.

L'inspecteur Buckingham n'insista pas. Il répugnait à offenser l'orgueil d'une si grande dame.

— En ce cas, dit-il, je me contenterai d'un verre d'eau.

La comtesse se dirigea vers son cabinet de toilette, un verre à la main. Elle poussa alors un petit cri.

— Le croirez-vous, inspecteur ? Je viens de découvrir dans mon armoire à médicaments un fond de cognac.

Elle revint avec la bouteille où clapotait un reste de liquide.

— Je garde cette bouteille comme un médicament pour les jours de grippe, expliqua la comtesse avec un petit rire.

L'inspecteur hocha la tête avec bonhomie.

— J'ai justement un léger rhume.

— Je suis moi-même un peu enchifrenée. Je crois qu'un petit verre nous fera du bien.

Ils trinquèrent. L'inspecteur Buckingham se divertissait beaucoup. Afin de rendre l'atmosphère encore plus joyeuse, il lâcha d'une voix neutre :

— Cela vous amusera sans doute, madame la comtesse, d'apprendre que je viens de faire réexpertiser l'émeraude du sultan d'Oman.

La comtesse fit alors sur sa chaise un bond remarquable par son amplitude. Une performance pour une personne de son âge, jugea l'inspecteur Buckingham.

— Une expertise ! s'écria-t-elle d'une voix haletante. Mais c'est extravagant !

— J'en conviens.

— Je crois me souvenir que vous avez déjà fait procéder il y a quelques jours, avant notre départ pour Gammersfield, à une expertise de cette pierre. Tout le palais en a parlé. Pourquoi recommencer ?

— Un scrupule, en quelque sorte. C'est une émeraude de grande valeur. Plusieurs millions de dollars. Peut-être cinq ou six ! Je tiens à être certain de son authenticité.

— Mais la première expertise l'a prouvée, j'imagine !

— Deux avis valent mieux qu'un.

— Le deuxième avis était complètement inutile, fit la comtesse d'une voix sèche.

L'inspecteur Buckingham sourit avec enjouement.

— Vous allez rire, madame la Comtesse, quand vous apprendrez que la deuxième expertise a prouvé que l'émeraude était un faux.

— Un faux ! souffla la comtesse d'une voix éteinte.

— Un faux en résine verte, d'une parfaite imitation.

La comtesse remplit son verre de cognac en oubliant d'en verser dans celui de l'inspecteur.

— Pourquoi êtes-vous venu, inspecteur, m'apprendre cette terrible nouvelle ?

— Vous sembliez tellement contrariée lorsque je vous ai demandé, il y a déjà plus d'une semaine, de m'ouvrir la vitrine pour examiner cette émeraude...

— C'était bien naturel. Suspecter un bijou des collections royales !

— ... que j'ai cru convenable de vous avertir que j'avais fait procéder à cette nouvelle expertise. Je n'aimerais pas que vous pensiez que j'ai agi derrière votre dos.

— C'est pourtant exactement ce que vous avez fait, inspecteur. Vous ne m'avez pas demandé la clef de la vitrine pour cette expertise comme vous l'aviez fait lors de la précédente. Vous vous êtes adressé au Gardien de la Maison des bijoux de la reine.

— J'ai craint de vous déranger une nouvelle fois.

Un ange passa dont l'inspecteur Buckingham aurait bien voulu saisir une aile pour cacher son irrépressible envie de rire. La comtesse remarqua les contractions de son visage.

— Vous vous moquez de moi, inspecteur !

— Pas du tout, madame la Comtesse, c'est le chagrin qui assombrit mes traits.

— Le chagrin ?

— Le chagrin que me cause votre douleur. N'êtes-vous pas veuve depuis hier ?

La comtesse le regarda fixement comme si elle ne comprenait pas de quoi il voulait parler. Puis brusquement, elle éclata en sanglots.

— Mon pauvre mari ! Je vous supplie, inspecteur, de ne pas me rappeler ces affreux événements. Si vous saviez comme je prends sur moi pour ne pas importuner mon entourage avec ma détresse !

— Vous y réussissez parfois fort bien, à ma grande admiration, madame la Comtesse.

— Dans nos milieux, nous évitons les grandes démonstrations, de joie comme de chagrin. Mais nous ne souffrons pas moins dans le secret de notre cœur.

L'inspecteur saisit la bouteille et se servit carrément.

— Excusez-moi, madame la Comtesse, mais j'ai besoin d'un remontant. La grandeur de vos sentiments me bouleverse.

— Hélas, me voilà maintenant bien seule !

— Il vous reste votre fidèle admirateur Jonathan O'Sullivan. Il saura vous entourer de son affection et vous faire oublier un peu votre malheur.

La comtesse fit un geste de dédain comme si l'affection d'un roturier ne pouvait combattre son aristocratique douleur.

— Évidemment, murmura l'inspecteur, c'est un simple roturier.

— Et il n'a pas de fortune, soupira la comtesse.

— C'est une disgrâce de plus.

La comtesse releva la tête.

— En tout cas, si je l'épousais un jour, personne ne pourrait prétendre que c'est pour son argent, fit-elle avec hauteur.

L'inspecteur Buckingham décida soudain que, la bouteille étant vide, il n'avait plus de raison de s'attarder chez la noble veuve.

Il en avait de toute façon assez appris.

⁂

Sur le pas de la porte, l'inspecteur Buckingham se retourna vivement vers la comtesse comme si une idée négligée lui était soudain revenue en mémoire.

— J'allais oublier, madame la comtesse, de vous demander de bien vouloir être présente demain à quinze heures à une petite réunion que j'organise dans la suite n° 2 de l'hôtel Dorchester.

— Vous donnez un cocktail, inspecteur ?

— Je ne sais pas si c'est exactement le nom qui convient.

— Je veux dire... Y aura-t-il à boire ?

L'inspecteur Buckingham se retint de rire.

— D'une certaine façon, je crois qu'il y aura à boire et à manger, fit-il d'une voix énigmatique.

CHAPITRE XXV

Cherchez la femme ! Ce conseil que lui avaient ressassé les policiers français pendant son stage à la Tour pointue était resté fiché dans la mémoire de l'inspecteur Buckingham. Il avait déjà noté dans son petit carnet écossais les noms de Margaret Auburn et de Maud de Gammersfield, qui touchaient de près ou de loin à son enquête. Il pensait en avoir tiré tout ce qu'il était possible de leur faire dire, tout au moins au stade actuel de ses investigations. Restait cette jeune personne, du nom *glamorous* de Marilyn dont il avait trouvé une lettre dans les papiers de Dick Stevers.

L'inspecteur Buckingham se souvenait tout particulièrement de cette lettre parce qu'elle commençait par ces mots : « Mon bébé ». Il ne voyait pas du tout Dick Stevers qui mesurait bien 1,80 m comme un poupon. Mais sans doute était-ce la coutume parmi les jeunes filles modernes d'user de ce surnom ridicule. Il alla repêcher la lettre dans ses dossiers.

La jeune correspondante du valet y évoquait des confidences qu'il lui aurait faites sur des « ennuis ». Elle lui conseillait au passage d'éviter de « faire des affaires avec les gros bonnets de la haute ». Elle estimait que des gens simples comme eux ne pouvaient qu'y perdre des plumes. Sans doute voulait-elle faire allusion aux grossistes en cocaïne... Elle le félicitait par ailleurs d'avoir pris l'initiative de « saouler l'autre idiot ». Elle ajoutait : « T'aurais jamais rien su sans cela. » Enfin, elle l'invitait à ne pas chercher à se venger.

L'inspecteur, à la lumière des faits les plus récents, jugea, cette fois-ci, que cette demoiselle méritait une visite. Il releva son nom : Marilyn Bagget. La lettre était postée à Whitechapel. S'aidant de l'annuaire, il essaya plusieurs Marilyn Bagget avant de tomber sur la bonne.

— Un rendez-vous ? Tout de suite ? s'étonna la demoiselle. De quoi s'agit-il ?

— Il s'agit de Dick Stevers. Il a été mêlé à une sombre affaire.

— Mon Dieu ! ça ne m'étonne pas. Qui êtes-vous ?

— Police, répondit sobrement l'inspecteur.

— Oh là là ! Venez tout de suite.

⁂

Marilyn Bagget habitait à Whitechapel un petit studio encombré de poupées de tissu et de jouets en peluche. Elle pouvait avoir vingt ans. Elle avait l'aspect d'une petite secrétaire sans envergure. Ses cheveux étaient noirs, relevés en chignon négligé. Son visage était légèrement boutonneux et un peu poupin. Pour le reste, aucun signe particulier, comme écrivent les fonctionnaires sur les passeports. Rien qui fût en somme en accord avec son flamboyant prénom !

— Vous regardez mes peluches, fit-elle observer. C'est que, voyez-vous, je suis restée très bébé, minauda-t-elle en approchant une chaise de plastique.

— Vous l'étiez certainement, fit l'inspecteur avec sévérité, pour partager ce valet avec une vieille comtesse qui pourrait être votre mère.

— Il m'a toujours juré qu'il ne l'aimait pas, mais qu'il était fasciné par la noblesse.

À sa manière, l'inspecteur l'était également. Aussi n'insista-t-il pas.

— Je suis venu à vous, mademoiselle, parce que j'ai pensé que vous pourriez, dans l'intérêt de mon enquête, m'éclairer sur le contenu de cette lettre que vous avez adressée à Dick Stevers alors qu'il était à la fin de son séjour à Balmoral, si j'en juge par sa date.

Marilyn Bagget s'empara de la lettre.

— C'est en effet moi qui ai écrit ce truc. Je vous trouve bien indiscret, inspecteur, d'avoir fouillé dans les affaires de Dick.

— Toutes ses affaires, comme vous dites, sont en quelque sorte sous scellés. Elles sont d'une immense importance pour l'enquête. Je saisis cette occasion pour vous rappeler que je vous entends comme témoin et que toute réponse inexacte ou biaisée pourrait se retourner contre vous.

— Dans ce cas, rétorqua la jeune fille effrayée, je crois que je ne dirai rien du tout.

— Rassurez-vous. Vous ne risquez rien si vous me dites la vérité. Pardonnez-moi d'avoir employé une formule un peu intimidante. Mais je suis obligé légalement de vous avertir de l'importance que pourraient avoir vos propos.

Marilyn ouvrait de grands yeux. À l'évidence, elle ne comprenait rien à ce discours. L'inspecteur Buckingham tenta une autre approche de la question.

— Si vous ne coopérez pas avec moi, mademoiselle, je me verrais forcé de vous demander de me suivre à Scotland Yard.

Il bluffait car il n'avait pas de mandat d'arrêt. Mais la manœuvre réussit.

— Je répondrai à vos questions du mieux que je pourrai, balbutia Marilyn Bagget.

— Premières questions : Quels gros bonnets reprochiez-vous à Dick Stevers de fréquenter ? Pour quelles affaires louches ?

— Mais des gros bonnets du palais de Buckingham, bien entendu. Dick ne connaissait personne en ville.

— Du palais ?

— Oui. Des huiles de la Maison de la reine. Cette vieille chipie de marquise d'abord...

— Comtesse, voulez-vous sans doute dire.

— C'est ça, la comtesse de Gammer... quelque chose. Et son âme damnée, un décorateur, un certain Jonathan. Ils l'avaient entraîné dans un coup.

— Quel coup ?

— Il ne l'avait pas dit, mais c'était un gros coup.

— Entraîné, dites-vous ?

— En fait, ce n'est pas exactement cela. Ils se sont servis de lui, sans le mettre dans le coup. Il était furieux quand il l'a su.

L'inspecteur Buckingham tenta de reprendre pied.

— Il s'agissait bien d'une affaire de drogue ?

La jeune fille sursauta.

— Certainement pas ! Vous ne voyez pas ces personnes distinguées tremper dans des affaires de drogue. Ni Dick. Comment ferait-il ? Il est tout le temps au palais. Il ne sort même pas le dimanche, sauf un après-midi par-ci, par-là, pour me rendre visite.

— Vous parlez dans votre lettre de quelqu'un que Dick Stevers aurait fait boire et dont il aurait appris quelque chose. Pouvez-vous m'en dire plus long ?

— C'est son copain, ou soi-disant tel, un certain Bill Perth qu'il avait fait boire à Balmoral, deux jours avant un pique-nique. Dick m'avait tout raconté au téléphone. Il était très excité. Bill, complètement pété, lui avait confié quelque chose d'énorme. Il ne m'a pas dit quoi. Dick avait l'air fou furieux en parlant. Il prétendait que Bill et les autres l'avaient roulé : « Je vais me venger ! » criait-il dans l'appareil. C'est alors que je lui ai écrit cette lettre que vous avez trouvée dans ses papiers.

L'inspecteur prit un air grave.

— Il a dû la recevoir la veille du jour où il a été arraché à votre affection.

— Arraché à mon affection... Que voulez-vous dire ?

— Je veux dire que le lendemain Dick Stevers était mort.

Marilyn Bagget fondit en sanglots. Au bout d'une minute, elle s'arrêta comme si elle jugeait que la mémoire du valet était suffisamment honorée.

— Et de quoi est-il mort ? demanda-t-elle en se tamponnant délicatement les yeux.

— Il a été assassiné, à la fin d'un pique-nique royal.

La jeune fille hésita entre pousser un cri d'effroi ou refondre en sanglots. Elle se décida pour un hochement de tête accablé, puis releva le menton.

— Et qui l'a tué ?

— C'est ce que je cherche à savoir. À propos, ce Bill Perth n'a-t-il jamais tenté de vous faire la cour ?

— Non, pour la bonne raison que je ne l'ai jamais rencontré.

L'inspecteur Buckingham se gratta le menton, avec une moue pensive.

— Dick Stevers vous a bien parlé de se venger ? Vous a-t-il dit plus précisément de quoi... et comment ?

— Rien de tout cela. Il hurlait : « Je vais me venger ! »

— C'est tout ?

— Je crois qu'il m'a crié aussi « Je dirai tout ! »

L'inspecteur notait avec fébrilité dans son petit carnet écossais.

— Vous relevez tout ce que je vous ai dit ? s'inquiéta Marilyn Bagget.

— Non. Je note toutes les idées que vos révélations m'ont inspirées.

— Eh bien, vous êtes fort ! Je ne vous ai pas dit grand-chose.

— Un dernier mot, mademoiselle. Je vous prierai de bien vouloir être présente demain à quinze heures dans la suite n° 2 de l'hôtel Dorchester.

— Mais je travaille à cette heure-là !

— Je vais vous établir une convocation officielle.

L'inspecteur tira de sa poche une feuille à en-tête du « Royal Protection Group » et y griffonna quelques mots.

— Je pense qu'avec ce papier vos patrons vous laisseront sortir.

— Combien de temps cela durera-t-il ?

— Une heure tout au plus.

La jeune fille regarda l'inspecteur Buckingham d'un air méfiant.

— C'est que je n'ai pas l'habitude d'accepter des rendez-vous à l'hôtel l'après-midi avec un monsieur que je connais à peine.

L'inspecteur Buckingham sourit.

— Rassurez-vous, nous serons une dizaine de personnes.

Marilyn Bagget hocha la tête, apparemment rassurée.

— Comptez sur moi, monsieur le policier.

Quand l'inspecteur Buckingham prit congé, Marilyn Bagget songea soudain à lui offrir à boire. Les policiers aiment bien le whisky. Elle tendit la main vers la bouteille de scotch posée sur sa commode. L'inspecteur Buckingham suivit ce geste avec intérêt. La main de la jeune fille s'immobilisa. Et si ce policier s'imaginait qu'elle cherchait à l'acheter avec de l'alcool... C'est ainsi que l'inspecteur Buckingham passa à côté d'une bonne rasade qu'il espérait pourtant avoir bien méritée. Il touchait presque au but !

⁂

De retour à son bureau, l'inspecteur Buckingham appela le superintendant Oxfield à Scotland Yard.

— J'aimerais, cher ami, que vous assistiez demain à une petite confrontation que j'organise à quinze heures dans la suite n° 2 de l'hôtel Dorchester.

— Est-ce en rapport avec cette affaire de valets assassinés ?

— En rapport direct.

— Ne serait-il pas alors plus convenable que cette confrontation ait lieu à Scotland Yard ?

— Je crains que mes invités ne soient un peu inhibés par

l'aspect austère de vos locaux. D'autre part, j'ai besoin de beaucoup de place pour organiser une certaine mise en scène. Enfin, je vous rappelle, cher ami, que je suis encore en charge pour quelques jours de cette enquête. Du moins, pour celui des deux assassinats qui a été commis à Balmoral.

— Vous avez en effet le droit d'organiser cette confrontation à votre guise, reconnut le superintendant Oxfield.

— Il serait peut-être utile, reprit l'inspecteur Buckingham, que vous vous fassiez accompagner de deux de vos hommes. Je redoute en effet que certaines révélations, que je serais amené à faire, n'entraînent des mouvements de foule.

— Devrais-je aussi emporter des menottes ?

— Ce serait faire preuve de prévoyance.

CHAPITRE XXVI

Un petit tour au *Camden Palace* n'était pas à dédaigner. L'inspecteur Buckingham avait envie de faire tremper l'écheveau de ses hypothèses, encore imparfaitement formulées, dans le bain frelaté de la discothèque. Peut-être en sortirait-il avec des couleurs inattendues.

La disparition de Bill Perth n'avait guère assombri l'atmosphère de l'établissement.

— Nous ne portons pas plus d'un quart d'heure le deuil de nos clients, avait plaisanté le patron, tandis que l'inspecteur lui en faisait la remarque.

En effet, songea l'inspecteur, si les établissements de nuit devaient fermer leurs portes, ne fût-ce qu'une journée, chaque fois qu'un de leurs habitués se faisait descendre à proximité, leur chiffre d'affaires se réduirait tragiquement.

— J'espère, reprit le patron, que cette fois-ci votre visite ne sera marquée d'aucun incident, inspecteur.

— Je l'espère aussi. Ce Bill Perth semblait un brave garçon. Il faut déplorer que d'aussi sympathiques jeunes gens soient décimés par les passions violentes qui agitent cette ville.

— La police reste persuadée que sa mort, comme celle d'un autre valet dont j'ai oublié le nom, serait liée à une affaire de drogue. Quoi qu'il en soit, je tiens à répéter que ce trafic n'avait pas lieu dans mon établissement.

— Il y a pourtant cette histoire de moto qui appartenait à l'un de vos serveurs et qu'aurait utilisée l'assassin.

— Je peux certifier que ce serveur n'a pas quitté la boîte cette nuit-là. Je m'en serais aperçu. Croyez-moi, inspecteur, j'ai l'œil à ces choses-là. Avec la mentalité qu'a aujourd'hui la jeunesse, il faut serrer la vis au personnel.

L'inspecteur Buckingham fut frappé par l'énergie de cette déclaration. Il en prit note dans son petit carnet écossais.

— Tenez, dit le patron, voilà votre ami le décorateur.

— Mon ami, c'est beaucoup dire, fit l'inspecteur. Disons, une relation de château.

Le patron se pencha à son oreille.

— C'est l'amant de notre Margie, une entraîneuse.

— Vous me l'avez déjà dit.

— Je ne peux m'empêcher de le répéter. Cela m'étonne tellement de ce garçon. Je le croyais exclusivement à voiles...

— ... et il est aussi un peu à vapeur.

— De nos jours, on ne sait plus à qui l'on a affaire.

— Hélas !

Jonathan O'Sullivan était venu s'asseoir familièrement à côté de l'inspecteur Buckingham.

— Avez-vous un peu oublié vos émotions, inspecteur ?

— Qui pourrait oublier une fin si tragique ? Aspiré en quelques secondes par une fondrière ! Sans la moindre possibilité de faire dignement ses adieux.

Le décorateur poussa un profond soupir.

— Il faut surtout plaindre la pauvre comtesse. La voilà condamnée à une vieillesse solitaire. Je frémis en pensant à ses lugubres week-ends dans ce château hanté.

L'inspecteur Buckingham frémit aussi.

— Heureusement, poursuivit le décorateur, il lui reste l'amitié de la reine. Un bien précieux viatique pour traverser son veuvage.

— Vous parlez sans cesse de son veuvage comme d'un destin inexorable. Quelque gentleman d'un âge assorti peut être tenté de lui demander sa main. Elle possède un fort beau château...

— Hélas, il est en ruine. Et hanté, comme vous avez pu le constater.

L'inspecteur leva un doigt doctoral.

— Il arrive que la présence de fantômes un peu spectaculaires valorise une vieille demeure.

Le décorateur se permit un petit rire de gorge.

— Très drôle, inspecteur, très drôle ! Mais il y a autre chose, le comte ne laisse presque rien à la comtesse. Je veux dire : très peu d'argent.

— Ne lui laisse-t-il pas un titre ? La perspective d'épouser une comtesse pourrait attirer un jeune homme désireux de se faire une place dans l'aristocratie.

— Encore faudrait-il que la reine l'autorise à porter le titre de comte.

— J'ai ouï dire que la reine n'avait rien à refuser à la comtesse, qui sait si bien l'aider à enfiler ses robes.

Le décorateur se leva d'un bond, comme s'il venait de recevoir un télégramme urgent.

— Excusez-moi, inspecteur, je viens de me rappeler que j'avais promis de faire ce soir un numéro de travesti.

— Qu'allez-vous donc nous jouer ?

— Une danseuse espagnole. Je vais danser un flamenco. Ça épate toujours ces voyous.

Le décorateur désignait les danseuses et danseurs de rock dont les visages ruisselants sous les spots pouvaient en effet passer pour des visages de voyous. « Tous les jeunes aujourd'hui ont l'air de malfrats », se dit l'inspecteur.

— Encore un mot, M. O'Sullivan. Puis-je compter sur vous pour une petite fête que j'organise demain à quinze heures dans la suite n° 2 de l'hôtel Dorchester ?

— Une fête ? Je ne vous savais pas si mondain.

— Il y aura beaucoup de gens que vous connaissez.

— J'accepte, fit le décorateur d'une voix pleine de curiosité.

Jonathan O'Sullivan avait un vrai talent de danseuse de flamenco et l'inspecteur ne ménagea pas ses applaudissements.

Son numéro accompli, le décorateur vint se rasseoir à côté de l'inspecteur.

— Cette danse m'a fatigué, souffla-t-il. Je crois que je ne vais pas faire long feu dans ce bouge. Je vous raccompagne, inspecteur ?

— Merci infiniment. Mais je crois que je vais rester encore un petit moment.

— Ah ! Ah ! La police royale se dévergonde !

L'inspecteur préféra ignorer cette douteuse plaisanterie.

Un peu plus tard, lorsqu'il fut certain que le décorateur avait bien quitté les lieux, l'inspecteur Buckingham alla trouver le patron du *Camden Palace* et eut avec lui une longue conversation à voix basse. Le patron secouait la tête comme s'il regimbait.

— Je vous conseille d'obéir, lui dit sévèrement l'inspecteur. N'oubliez pas que je fais partie du « Royal Protection Group ». Je vous attends demain après-midi à quinze heures, accompagné d'un de vos serveurs, de petite taille de préférence, dans la suite n° 2 de l'hôtel Dorchester. Avec la valise. N'oubliez pas !

— Avec la valise, OK, fit le patron, dompté.

CHAPITRE XXVII

Un valet passa avec un plateau chargé de sandwiches et de verres de whisky ou d'orangeade. L'inspecteur avait tenu, par un souci de coquetterie peut-être, à ce que cette réunion dans la suite n° 2 de l'hôtel Dorchester eût tous les aspects extérieurs d'une réunion mondaine.

Les invités n'avaient l'air de se douter de rien. « L'épilogue de cette affaire n'en aurait que plus de force... et de sel », songea l'inspecteur. C'était un des côtés amusants du métier.

La comtesse de Gammersfield s'empara d'un verre de whisky après avoir hésité un instant. Visiblement, elle comparait les verres pour prendre celui qui était le mieux rempli.

Jonathan O'Sullivan choisit un verre d'orangeade. Il avait dû beaucoup boire la veille au *Camden Palace*..

John B. Atkins-Fergusson Junior avala un whisky d'un trait et prit aussitôt un autre verre.

Marilyn Bagget s'était assise de guingois dans un des grands fauteuils de la suite, les fesses au bord du coussin. Elle avait hésité, elle aussi, devant le plateau et s'était décidée pour une orangeade. Sans doute, jugeait-elle qu'il n'était pas convenable pour une jeune fille de boire de l'alcool à cette heure-là.

Phil Gail, l'attaché de presse du palais, était également présent.

L'inspecteur Buckingham avait présenté le superintendant Oxfield en prononçant brièvement son nom, sans mentionner son titre dans la police. Cela faisait partie des surprises qu'il ménageait.

Le patron du *Camden Palace* avait fait une entrée furtive en compagnie d'un de ses serveurs, un garçon de petite taille comme l'avait demandé l'inspecteur Buckingham. Il portait une grande valise. Les deux hommes se retirèrent aussitôt derrière un paravent dressé au fond du salon. Personne ne les avait remarqués.

L'expert de la bijouterie Paul Longmire en était déjà, lui aussi, à son deuxième whisky. Il montrait des signes d'impatience.

— Pourquoi nous avez-vous tous convoqués, inspecteur ? Il serait temps que vous nous le fassiez savoir. J'ai d'autres rendez-vous importants cet après-midi.

Le vieux Gardien de la Maison des bijoux de la reine, que l'inspecteur avait aussi convoqué, bougonna quelque chose de semblable.

L'inspecteur Buckingham jugea que le suspense avait assez duré. Il se leva, s'avança de quelques pas comme s'il allait donner une conférence et enveloppa l'assistance d'un regard enjoué.

— Mesdames et messieurs, cette réunion n'a qu'un seul objet : élucider deux crimes et peut-être trois, tous liés par une entreprise crapuleuse.

Un silence de mort accueillit cette déclaration solennelle.

— Pour commencer, enchaîna l'inspecteur, j'accuse certaines des personnes ici présentes d'avoir successivement assassiné les valets Dick Stevers et Bill Perth, et accessoirement d'avoir volé l'émeraude offerte à la reine par le sultan d'Oman.

L'inspecteur ajouta d'une voix détachée :

— J'ai peut-être tort d'employer l'adverbe « accessoirement » puisque ce vol est à l'origine de ces crimes.

Jonathan O'Sullivan avait éclaté d'un rire strident, imité aussitôt par la comtesse de Gammersfield.

— Bravo, inspecteur, voilà un bien beau roman qui mériterait le *Booker Prize*[1]. Je vous ai patiemment écouté. Mais maintenant, cela suffit. Permettez-moi de me retirer. Je ne saurais me prêter plus longtemps à cette bouffonnerie.

— J'imiterai mon ami Jonathan, dit la comtesse en se levant.

Elle resserra autour de son cou son boa de plumes d'autruche d'un air de souveraine dignité.

— Je vous rendrai volontiers votre liberté, dit l'inspecteur Buckingham, pour peu que vous m'accordiez encore quelques secondes.

Il claqua dans ses mains. Le serveur du *Camden Palace* sortit de derrière le paravent, affublé d'un long sari de soie violette et d'un voile rose.

Un cri jaillit d'un des fauteuils.

— Ma vendeuse ! C'est ma maharané !

John Atkins-Fergusson Junior se précipita vers le serveur et tripota les colliers multiples qu'il portait autour du cou.

— Je reconnais ces bijoux. Et ces pendentifs ! C'est exactement la tenue que portait la maharané qui m'a vendu mon émeraude à New York.

— Cela n'a rien d'étonnant, fit observer l'inspecteur Buckingham, puisque la personne qui vous a vendu l'émeraude de la reine portait exactement cette tenue. Qui appartient, dois-je le faire remarquer, à M.O'Sullivan.

L'inspecteur Buckingham frappa à nouveau dans ses mains. Le patron du *Camden Palace* surgit de derrière le paravent.

— D'où avez-vous sorti cette tenue hindoue que porte votre serveur ? lui demanda l'inspecteur Buckingham.

— Du vestiaire de mon établissement. Plus précisément de l'emplacement que j'avais réservé aux déguisements de M. O'Sullivan. Il aimait se travestir et faire des numéros sur la piste de la discothèque.

— C'est tout, je vous remercie, dit l'inspecteur.

Le patron du *Camden Palace* se retira derrière le paravent avec le serveur.

À ce moment-là, la comtesse de Gammersfield saisit le

1. Le Goncourt anglais.

dossier d'un fauteuil et feignit d'être sujette à une crise nerveuse, accompagnée de trépignements et de cris entrecoupés.

L'inspecteur Buckingham attendit patiemment qu'elle eût fini sa démonstration. Épuisée, la comtesse se jeta sur un canapé où elle fondit en larmes.

Puis elle lâcha d'une voix entrecoupée par les sanglots :

— Quoi qu'il en soit, je ne suis pour rien dans cette vente frauduleuse.

Le décorateur poussa un cri indigné.

— Ce n'est pas moi qui suis allé à New York vendre cette émeraude ! J'étais en France ce jour-là. Pour une expertise de meubles.

L'inspecteur laissa s'écouler un instant pour mieux savourer la perspective du coup de théâtre qui allait suivre.

— C'est tout à fait exact. J'ai fait vérifier votre alibi. Le bureau de Christie's Paris me l'a confirmé. Cependant, quelqu'un arrivé à New York ce jour-là a emprunté votre identité. Je l'ai vérifié sur la liste des passagers du Concorde de Bristish Airways.

— Mais qui était donc cet infâme usurpateur ? s'indigna O'Sullivan.

— Nous allons le savoir dans un instant, dit l'inspecteur. J'ai encore quelque chose à vous montrer.

— Excusez-moi, madame, de mettre vos nerfs à rude épreuve, dit-il en se tournant vers la comtesse. Mais il me reste d'abord à conter comment vous avez volé l'émeraude, continua l'inspecteur Buckingham.

Il ne donnait plus son titre à la comtesse, estimant qu'elle ne le méritait plus. Voleuse et criminelle passe encore, mais faire une crise de nerfs devant toute une assistance dans la suite d'un grand hôtel !

— Nous avons donc, reprit l'inspecteur, d'un côté deux personnes de la bonne société, mais dévoyées comme cela est trop fréquent à notre époque, qui décident de s'enrichir frauduleusement en s'emparant d'un des fastueux bijoux de leur souveraine. En l'occurrence, l'émeraude, cadeau du sultan d'Oman. L'entreprise n'était pas d'une difficulté insurmontable. Il suffisait d'ouvrir la vitrine. Maud de Gammersfield sait où le Gardien de la Maison des bijoux de la reine en cache la clef. Mais il n'est pas facile d'ouvrir cette vitrine devant les gardiens et les détectives de faction. D'autre part, la Galerie de peinture est fermée la nuit. Les deux complices imaginent donc une diversion. Le valet Bill Perth, dont on dit qu'il n'avait rien à refuser à Mme de Gammersfield, soustrait donc une soupière de l'argenterie royale à la fin d'un banquet dans la salle à manger d'État. Il convainc son ami Dick Stevers de l'aider à la faire disparaître. C'est-à-dire de la cacher dans la chambre de Mme de Gammersfield, ce qui est plus simple que de la faire sortir du palais. But de l'opération : déclencher une vaste opération de recherche de cette soupière dans tout le palais, sauf bien entendu chez les hauts dignitaires. Les détectives chargés de la surveillance de la Galerie de peinture sont réquisitionnés à cette fin. Pour plus de sûreté, M. Jonathan O'Sullivan mobilise deux des gardiens de la Galerie pour transporter un tableau à l'atelier de restauration. Il ne reste plus dans la Galerie qu'un vieux gardien qui d'ordinaire somnole sur un tabouret. Le champ est libre pour Mme de Gammersfield. Elle s'empare de l'émeraude, en prend dans sa chambre l'empreinte en plâtre, fait couler sur place par un faussaire professionnel, que l'enquête découvrira, une fausse émeraude en résine qu'elle place vingt minutes après dans la vitrine.

— Vous n'avez aucune preuve ! glapit à ce moment la comtesse, toujours affalée sur le canapé.

— C'est ce qui vous trompe. J'ai reçu une lettre d'un visiteur de la Galerie me signalant que l'émeraude avait disparu de la vitrine pendant vingt ou vingt-cinq minutes au cours de son passage. J'ai alors demandé à Mme de Gammersfield de m'ouvrir cette vitrine. Ce qu'elle fit de mauvaise grâce. J'ai pu constater alors que l'émeraude était un faux en la grattant avec la molette de mon briquet à gaz. Mme de Gammersfield s'en aperçut et remit en place la vraie pierre qu'elle devait avoir prise sur elle à tout hasard. L'expertise que je fis faire un peu plus tard montra en effet que l'émeraude était vraie. C'est ensuite, à la veille du voyage de Jonathan O'Sullivan à Paris, que Mme de Gammersfield procéda à une nouvelle substitution, sous prétexte, cette fois-là, au témoignage du vieux gardien, de faire nettoyer le poignard au manche de jade, cadeau d'un prince indien.

Le superintendant Oxfield se leva, sortit et ramena le vieux gardien que l'inspecteur Buckingham avait également convoqué.

— C'est exact, dit le vieux gardien, madame la Comtesse a pris le poignard et l'a rapporté deux heures plus tard.

— Elle avait par la même occasion, commenta l'inspecteur, resubstitué la fausse pierre à la vraie qui ne devait pas tarder à partir pour New York par les soins d'un complice qui avait emprunté le déguisement de maharané d'O'Sullivan. La seconde expertise à laquelle j'ai fait procéder hier a constaté que l'émeraude de la vitrine était redevenue un faux.

L'expert de Paul Longmire s'avança, l'air important.

— C'est d'autant plus étonnant, souligna-t-il, que lors de la première expertise, j'ai constaté que la pierre était authentique. Plus fort encore, elle était exactement semblable par ses crapauds à celle qui a été vendue à M. Atkins-Fergusson par cette... cette maharané.

— Et si cette maharané existait vraiment ! clama la comtesse.

— Si elle existait vraiment, fit l'Américain avec sévérité, elle n'aurait pas porté des richelieu noirs, des Church, je crois bien. Elle serait allée pieds nus dans des sandales d'or ou d'argent comme toutes les vraies princesses hindoues. J'aurais dû m'en aviser et me méfier. Mais j'étais si pressé d'acquérir cette pierre !

La comtesse, interdite, ne sut quoi répliquer.

— Et la soupière, enchaîna l'inspecteur Buckingham. La voilà qui reparaît brusquement dans l'armoire à argenterie. Pourquoi ? Tout simplement parce que j'avais remarqué sa présence dans la chambre de Mme de Gammersfield. Impossible de me tromper. Elle avait bien des anses en forme de dauphin. Mme de Gammersfield s'est empressée de la faire remettre dans l'armoire à argenterie et de la remplacer par un récipient de même forme qu'elle emprunta aux réserves de la reine. Mais celle-là n'avait pas d'anses en forme de dauphin. On peut s'en assurer. J'en suis certain, bien que cette dame se soit efforcée lors de mes visites ultérieures de les cacher sous des amas de fleurs.

— Pourquoi vous croirait-on ? brailla la comtesse.

— Vous oubliez, madame, que je suis assermenté.

La comtesse serra fébrilement son boa autour de son cou au risque de s'étrangler.

— Et si nous en venions aux meurtres ? proposa l'inspecteur Buckingham d'une voix engageante.

Il s'assit confortablement dans un des fauteuils du salon et sortit son petit carnet écossais.

— Prenons les choses chronologiquement, voulez-vous ? Le valet Bill Perth requiert donc la complicité de son copain Dick Stevers pour faire disparaître la soupière. Il lui promet une petite récompense. À Balmoral, Dick Stevers, soupçonnant qu'il n'a pas reçu sa part du butin, entreprend de faire boire Bill Perth. Sous l'effet de l'alcool, celui-ci lui révèle qu'il est sur un gros coup dont l'affaire du vol de la soupière n'est qu'un accessoire. Il lui a sans doute parlé de l'émeraude.

— Roman ! glapit le décorateur.

— Quelle stupide invention ! brama la comtesse en se tortillant sur son canapé.

— J'ai ici un témoin qui peut en apporter la preuve, trancha l'inspecteur.

L'inspecteur Buckingham fit signe à Marilyn Bagget de s'avancer.

— C'est vrai, dit la jeune fille, que M. Dick Stevers, qui cherchait auprès de moi des consolations à sa triste liaison avec une femme de chambre, m'avait écrit pour me signaler qu'il était sur un gros coup avec de gros bonnets. Mais on l'avait roulé. Il parlait de se venger. De tout dire.

Elle sortit la lettre du valet. L'inspecteur Buckingham la fit circuler et la remit ensuite au superintendant Oxfield.

— Dick Stevers décidément trop curieux, continua l'inspecteur, était devenu un danger pour les voleurs de l'émeraude. C'est pourquoi l'un des complices, M. O'Sullivan, l'a proprement transpercé avec une brochette de poulet au cours du pique-nique royal, après l'avoir attiré à l'écart derrière un buisson.

— Fariboles ! hurla le décorateur.

— J'en tiens la preuve absolue. La brochette meurtrière, que nous avons conservée, ne comportait pas, par exception, de rondelles d'oignon. Je sais par la confidence que vous nous en avez faite au château de Gammersfield que vous ne supportez pas ce légume. Vous avez donc demandé au prince Philip, au cours de ce pique-nique royal, de vous confectionner une brochette de poulet *sans oignon.*

— Prouvez-le !

— Désirez-vous que je fasse témoigner le prince Philip ?

Le décorateur se tut, les épaules affaissées, le visage défait.

— Dick Stevers écarté du théâtre des opérations, restait Bill Perth qui en savait trop et pouvait parler. Au cours de la soirée que j'ai passée au *Camden Palace*, j'ai pu constater que ce valet vous invectivait d'une façon qui pouvait vous inquiéter. Vous ne pouviez de toute façon laisser en vie ce tiers compromettant. Vous ou votre complice.

— Quel complice ?

— Mais Phil Gail, bien entendu. Savez-vous qu'il vous a roulé d'un bout à l'autre ? Je le sais par une de ses lettres que j'ai trouvée par hasard sous le lit de la comtesse. Il pensait vous faire faire tout le sale travail et, une fois l'argent de l'émeraude encaissé, épouser la comtesse. À lire cette lettre, elle semblait d'accord. Il vous a donc laissé assassiner Dick Stevers après avoir organisé le meurtre avec vous. J'ai constaté qu'il était arrivé au pique-nique bien trop tôt pour avoir été averti par le talkie-walkie du chef cuisinier. On m'a confirmé au service de presse de Balmoral qu'il avait quitté son bureau une demi-heure avant, sans doute pour vous conseiller sur l'exécution du crime. C'est Phil Gail qui, après avoir revêtu votre tenue de maharané pour aller vendre l'émeraude à New York, a emprunté votre déguisement de tueuse blonde pour envoyer Bill Perth rejoindre son copain au paradis des petites gens assez prétentieux pour se croire les égaux des truands de haut vol. Ainsi s'explique sa présence au *Camden Palace* ce soir-là.

L'inspecteur Buckingham frappa à nouveau dans ses mains. Le serveur du *Camden Palace* surgit de derrière le paravent. Il était coiffé d'une perruque blonde et vêtu de cuir. Le short ultracourt était d'un étrange aspect sur ses cuisses velues.

— C'est dans ce déguisement, proclama l'inspecteur Buckingham, que Phil Gail a tué, monté sur une Harley Davidson, ce malheureux garçon. À coups de revolver. Il savait, en familier des lieux, où vous remisiez vos déguisements et l'endroit où le serveur, propriétaire de cette moto, cachait sa clef de contact. L'enquête de police le prouvera.

Phil Gail n'avait pas fait un geste pour se défendre.

— Vous n'avez aucune preuve, murmura-t-il d'une voix dédaigneuse.

— Vous avez commis trois erreurs, répliqua l'inspecteur. Porter des Church avec le déguisement de maharané alors qu'O'Sullivan ne porte que des chaussures italiennes. Verser précipitamment à votre compte sur la Barclays Bank votre chèque de sept millions de dollars sur lequel j'ai fait relever vos empreintes. Ensuite, jeter dans une bouche d'égout le revolver avec lequel vous avez tué Bill Perth, réaction de débutant. Nous l'avons facilement retrouvé. Il portait vos empreintes. Troisième erreur : me lancer sur une fausse piste de ragots royaux que la comtesse aurait vendus à la presse. Je demande donc votre arrestation pour assassinat et pour complicité dans le meurtre commis à Balmoral par O'Sullivan.

L'attaché de presse se renversa en arrière dans son fauteuil et éclata en sanglots, qui se mêlèrent à ceux de la comtesse.

— Enfin, ajouta l'inspecteur d'une voix allègre, M. O'Sullivan a aidé la comtesse à faire disparaître son mari dans la fondrière de l'étang de Gammersfield. Elle connaissait parfaitement l'existence de cette fondrière et a tout fait pour y attirer le comte.

— J'avais oublié l'existence de cette fondrière ! cria la comtesse.

— Impossible ! J'ai le témoignage de monsieur votre père.

Cette fondrière avait déjà fait de nombreuses victimes. Votre complice avait fait boire le comte pour qu'il perde le sens de l'orientation. Vous l'avez vous-même guidé vers la fondrière par vos appels. Je peux en témoigner ainsi que le garde qui nous accompagnait.

— J'avais moi-même un peu bu, dit la comtesse, j'ai pu me tromper.

— Vous ne pourrez jamais plaider cela, madame, car vous aviez déjà essayé, la nuit précédente, de tuer votre mari en lui apparaissant déguisée en fantôme, espérant ainsi qu'il se jetterait par la fenêtre.

— C'est faux !

— Là aussi, je détiens une preuve. Le drap dont vous vous étiez affublée, que le comte avait arraché et qu'il avait emporté dans sa chute, était un des draps de votre lit. Il porte vos initiales brodées. Je l'ai gardé parmi mes pièces à conviction !

— Pourquoi me serais-je prêté à cet horrible forfait ? protesta le décorateur.

— Vous espériez épouser la comtesse et vous faire autoriser par la reine à porter le titre de comte. Votre mobile était là. Avec les millions de dollars provenant de la vente de l'émeraude, vous auriez pu enfin réaliser votre rêve : mener la vie d'un aristocrate. Enfin, vous avez subtilisé le testament du comte qui attribuait la propriété de son titre à son fils naturel Edward Crosby. J'en ai aussi la preuve. Vous ne vous doutiez pas, ce faisant, que vous tiriez les marrons du feu pour Phil Gail qui avait tout machiné avec la comtesse pour que vous apparaissiez, en cas de pépin, comme le seul coupable des meurtres et du vol de l'émeraude.

Le superintendant Oxfield montra sa carte de police puis sortit de sa poche plusieurs paires de menottes :

— Cette audition me paraît convaincante, proclama-t-il d'une voix forte. Je vous arrête tous les trois, O'Sullivan, Phil Gail et la comtesse.

Avant de se retirer avec ses prisonniers qu'escortaient trois policiers, le superintendant prit à part l'inspecteur Buckingham.

— Vous avez quelque peu empiété sur mes plates-bandes, inspecteur, mais je ne vous en veux pas. Le meurtre de Bill Perth et celui du vieux comte étaient de ma compétence. Enfin... Oublions cela. Service de la reine commande.

— Hélas ! Je crains que notre souveraine ne soit consternée que ces méfaits aient pu se produire ou se tramer sous son toit.

— Il est à craindre en effet que la grande presse ne s'empare de cette affaire. Heureusement, il ne s'agit que du meurtre de simples valets. Ça fera peu de bruit.

— Vous oubliez celui du vieux comte, objecta l'inspecteur Buckingham.

— Il ne s'est pas produit dans un domaine royal. La presse ne s'y intéressera guère.

Le superintendant saisit le bras de l'inspecteur Buckingham.

— C'est un véritable effet de la Providence que votre enquête ait abouti avant que ne se produise un plus grand malheur.

— Un plus grand malheur encore ! s'étonna l'inspecteur.

— Un assassinat qui aurait alors horriblement éclaboussé la Maison de la reine. Celui de Jonathan O'Sullivan.

— Qui aurait pu le tuer ?

— La comtesse, bien sûr, avec l'aide de Phil Gail. Une fois encaissés les sept millions de dollars, pourquoi auraient-ils été s'embarrasser de lui, qui pouvait parler ?

— Le décorateur a été bien imprudent de leur faire confiance.

— C'est que les roturiers ne soupçonnent pas de quoi sont capables les nobles, tous descendants de brigands du Moyen Âge.

— La comtesse ne l'était que par alliance.

— Les défauts d'une classe s'acquièrent aussi par le mariage.

Le superintendant et l'inspecteur convinrent ensemble que l'Angleterre avait échappé de peu à un véritable désastre !

CHAPITRE XXVIII

Cette sole de Douvres était vraiment délicieuse. Et les choux-fleurs gratinés au fromage qui l'accompagnaient craquants à souhait.

L'inspecteur Buckingham en fit compliment à son épouse. C'était son plat préféré.

— Je savais, dit Mrs Smith, que tu aurais à cœur de fêter ce soir quelque chose. J'ai donc préparé une sole comme tu les aimes.

— Et cette excellente bouteille de chablis ! Comment as-tu deviné que j'aurais un succès à fêter ?

— Je l'ai vu à ta mine ce matin, quand tu feuilletais ton petit carnet écossais. C'est exactement cette mine que tu prenais quand tu te préparais à résoudre une affaire, du temps où tu étais à Scotland Yard.

Émerveillé par la perspicacité de sa femme, l'inspecteur jugea qu'elle méritait d'être récompensée.

— Je vais, annonça-t-il, te raconter l'histoire en détail, maintenant qu'elle est terminée.

— Merci, dit Mrs Smith, je t'avoue que je mourais de curiosité.

— Tout a commencé un beau jour d'été sur une pelouse de Balmoral...

L'inspecteur dévida l'histoire jusqu'à sa conclusion, l'après-midi même, dans la suite de l'Américain.

— Je comprends maintenant pourquoi tu as découché la semaine dernière, dit Mrs Smith, quand il eut terminé son récit. Je m'étais demandé si tu n'étais pas victime du démon de midi et si tu ne fricotais pas.

— Je cherchais seulement des preuves qui me permettraient de confondre les assassins. Je n'étais pas un vieux barbon en quête d'un tendron, mais l'incarnation de la justice poursuivant le crime.

Mrs Smith apporta sur la table un de ces fascinants desserts anglais tout en gelée rose.

— Tu me gâtes ! s'écria son mari.

— C'est jour de fête. J'ai même préparé une sauce à la menthe pour accompagner cette gelée de groseille.

Elle s'attabla à côté de son mari et découpa le tremblotant édifice.

— Ce qui m'attriste, fit-elle observer, c'est que ce pauvre Américain a été refait de sept millions de dollars. Voilà qui ne va pas resserrer les liens entre le Royaume et les États-Unis.

— Rassure-toi, il récupérera son argent. J'ai fait bloquer le compte de Phil Gail à la Barclays Bank.

Rassérénée, Mrs Smith se servit largement de la gelée rose. Puis son front se rembrunit à nouveau.

— Je pense à ce pauvre monsieur O'Sullivan. Il a été bien mal récompensé de ses efforts.

— Quels efforts ? fit l'inspecteur, ahuri.

— Il s'est contraint de faire la cour à cette comtesse et peut-être d'avoir des rapports intimes avec elle, alors que ses goûts le portaient dans une autre direction.

— Rassure-toi encore. Ce pauvre monsieur, comme tu dis, avait des goûts éclectiques. Il était par exemple l'amant d'une certaine Margie, entraîneuse au *Camden Palace*, tandis qu'il avait, paraît-il, beaucoup d'admirateurs en ville.

— My God, que certains hommes sont donc compliqués !

Mrs Smith versa sur sa gelée rose un peu de l'odorante sauce à la menthe. Puis elle reposa, pensive, la cuillère dans la saucière.

— Je suis si triste, murmura-t-elle, en pensant au sort tragique de cette malheureuse comtesse. En prison, comme une fille des rues !

Elle leva des yeux éplorés sur son mari.

— N'existe-t-il pas des prisons spéciales pour les nobles ?

— Je crains bien que non.

— Elle va donc être exposée à la promiscuité des prostituées et des voleuses à l'étalage.

— Et cela pendant quelques dizaines d'années. Les jurys sont sévères cette année.

Mrs Smith s'arrêta soudain de déguster la gelée de groseille.

— J'allais oublier la reine, s'écria-t-elle. C'est elle la principale victime de cette triste affaire.

— Je crois, dit l'inspecteur, que la presse populaire en parlera assez peu. Il ne s'agit que de meurtres de valets.

— Je voulais dire que la pauvre reine va être bien embarrassée. Elle était habituée à cette comtesse. Qui l'aidera désormais à choisir ses robes ?

L'inspecteur Buckingham réfréna un sourire. Les femmes avaient le génie de tout ramener à des problèmes de chiffons !

Composé par EURONUMÉRIQUE *92310 Sèvres*
et achevé d'imprimer en janvier 1995
sur les presses de la Société Nouvelle Firmin-Didot
à Mesnil-sur-l'Estrée (Eure)

— N° d'imprimeur : 29463 —
— N° d'éditeur : IB 1. —
Dépôt légal : février 1995.

Imprimé en France